Akinobu & Ryu
「花屋の店番」

花屋の店番

毎日晴天！12

菅野彰

キャラ文庫

この作品はフィクションです。
実在の人物・団体・事件などにはいっさい関係ありません。

目次

口絵・本文イラスト／二宮悦巳

花屋の店番

「いらっしゃいませ」

いつもなら店先で忙しく働いている店主が、その花屋を訪ねて来た客に掛ける声だったが、今日迎えたのはバイトの帯刀明信《おびなたあきのぶ》だった。

二人分の仕事を、良い手際とは言えないながらも水の冷たい一月も末の冷えた店内でなんとかこなし、昼か夕方かと曖昧《あいまい》な日差しの中、温室咲きの春の花が溢《あふ》れる店先に立っている人を明信が見上げる。

「あ、秀《しゅう》さん。どうしたの？」

少し呆然《ぼうぜん》としたような様子で、同居中の明信の長兄の恋人、町中に兄嫁と知れ渡っているSF作家の阿蘇《あそ》芳秀《う》がその呆然も三日目なのだが立ち尽くしている。

どうしたの、と、明信が聞いたのには訳があった。

両手がこの商店街の魚や野菜で埋まっている秀が、本当は花屋に用がないのは家人としてわかっていることだ。もっともこれを聞くのも三日目だったが。

「どうって……」

言われても、と、理由もありつつ考えなしにふらふらと寄ってしまった秀は、言葉に惑って店を見渡した。

「お仏壇の花の蕾《つぼみ》、まだ開いてもないでしょう」

「……た、たまにはね。その」

慌てて秀は、そう広くない家の中に思いを馳せた。

「そう。玄関に飾る花が欲しくて、牡丹《ぼたん》とか、百合は……」

「百合は匂《にお》いがきついよ。でもうちに牡丹なんて、豪勢すぎるし……。薔薇《ばら》の安いのがあるよ？」

「ん？　ううん。牡丹。絶対牡丹。あの家には牡丹だよ‼」

様子がおかしいのは明らかに秀の方で、明信はどこからどう見てもいつも通りの、早過ぎる春休みを控えた大学院生だ。と、言っても休みとは関係なく学校に行かなければならない日もある筈《はず》なのだが。

「……そうまで秀さんが言うなら、じゃあ……」

くすりと笑って、控えめに、明信は開きかけの牡丹と堅い蕾の牡丹を纏《まと》めた。

「千二百円になります。ごめんね高くて、僕が勝手にまける訳にもいかなくて」

「ぼ、牡丹だもの。しょうがないよ。あの、その……」

その勝手にまける訳にはいかないことについて秀は言及したかったのだが、そんなことが秀に得手な訳もなく、また言葉に詰まる。

「はい、お釣り」

「だ……大学は？　明ちゃん」

釣りを受け取りながら秀は、本線から外れてそれでも重要と思われることを尋ねた。

「店を閉めた後、行けるときに行ってる。資料取って来て、纏めたり読んだり。ほとんど春休みみたいなものだし」

「……そう。それでその」

「なに？」

まだ話を続けようとする秀に、いつもと変わらぬ控えめな笑顔を明信が向ける。

「いえ……なんでもありません」

結局、本当はしっかり言いたいことがあったのだが言えずに終わった秀は、敢《あ》えなく撃沈してすごすごと夕飯の支度と、後少しと言いながら既に十日が過ぎた締切りのために、家路に着いた。

「ありがとうございました」

その背に律義に声を掛けて、明信が辺りを見回す。

今日は、まだ真冬だというのに予定外に昼間に暖かくなったせいで、開き始めた花の値段をいくつも下げなければならない。

「……商売って大変だ。特になま物扱ってると」

「……明ちゃん」

屈《かが》んで、少しでも日の当たらないところに花を移動してから値段表を書こうとした明信の背に、今度は明信の一番下の弟、帯刀真弓《まゆみ》の声が掛かった。

「おかえりまゆたん。もう補習終わったの?」

さすがに客だとは思わず、通りすがりに寄った弟に明信は花を移動させながら笑う。

「うん、もう補習終わった……」

そうやって店に入って来る弟は、この『木村《きむら》生花店』を学校から家に帰るまでの中継地点だと思っているらしく、ほとんど毎日のように寄ってはコーヒーを要求したり茶菓子を摘んだりしていた。

もっとも、そうしてここを学校から家への中継地点にしているのは専《もっぱ》ら近所の竜頭《りゅうず》女子の女子高生たちなのだが、ここ何日かは現れない。

「コーヒー飲んでく?」

「うーん。手伝おうか、明ちゃん」

「いいよ、受験生にそんなことさせられません。本命まであと何日?」

「そうゆうことゆわないでよー、暗くなるから。本命明ちゃんのとこだもん。受かる訳ない」

「まゆたん真面目にやって来たんだから、大丈夫だよ」

言いながら兄の手は、もう弟のためのインスタントだがコーヒーをいれていた。

勢い、真弓は奥の指定席に座ってコーヒーを飲みながら、明信があまり力仕事の似合わない

花・花・金曜日。

細腕で花を移動させるのを眺める。

でも力仕事が似合わないというのは勝手なイメージだったのかもしれないと、その姿を見て真弓は思った。水が入っているのだろうバケツを明信は容易《たやす》く動かすし、子どもの頃はなんだってやってくれたのは明信だ。母親がするようなことでも、時には父親がするようなことでも。

もし普通の幸せというものがあるのなら、一番、そうなって欲しいと心の何処《どこ》かで願っていたのはこの兄のことかもしれないと、真弓は不意に、気づいた。

「う……っ」

その兄が何故《なぜ》、と、言葉にはできず真弓が咽《むせ》ぶ。

「ま、まゆたん!? どうしたの?」

唐突に泣き出した弟に、バケツを放して慌てて明信は駆け寄った。

「ん……ううん。ちょっと、学校でね、あって」

「い、いじめられた!?」

弟の前に屈んで、いけないいけないと思いながら弟が高校三年生だとどうしても自覚できない兄が膝《ひざ》を撫《な》でる。

「……明ちゃん、真弓が大学生になってもまゆたんて呼ぶつもり?」

「まゆたんが自分のこと、真弓って言わなくなったら呼ぶのやめるよ」

その呼び方を咎《とが》められて、明信は苦笑した。

「でも、真弓大学生になんてなれないかも」

「どうして」

「ここに来てなんだか全然集中できないし、今日も模試の結果悪くて」

「……ごめんね」

「なんで明ちゃんが謝るのー。う、うう。お花……売って」

自分は何も言えないのに兄が謝る訳は悟らされて、真弓が泣きながら首を振る。

「なに、どうしたの突然」

「慰めに霞草《かすみそう》でも買って帰る」

「買ってあげるよお兄ちゃんが」

「いいの。花を買いに来たの真弓！　霞草ください!!」

「……そう言って結局、毎日じゃない。少ないお小遣いなのに」

涙を飛ばして真弓がムキになって言うのに、仕方なく明信は霞草を纏めた。

「じゃあ……百五十円」

「うそだあそんなのー」

「開きかけだから下げようと思ってたとこだったの。本当だから」

もはや子どもの駄々のように大泣きしそうになった弟に、明信は花を持たせた。

「……本当？」

「ほんとほんと」

「じゃあ……はい、百五十円」

「はい確かに頂きました。ありがとうございます。……まゆたん、大丈夫。ずーっと、真面目に勉強して来たでしょう？　積み重ねがあるんだから、大丈夫だよ？　真弓は頭もいいんだし」

「明ちゃんに言われるとなんか……まあ、いいや」

家内、いや、町内切っての秀才と謳《うた》われた兄の励ましは実は逆効果だったのだが、それは告げず花を持たされたので仕方なく真弓が立ち上がる。

「お花、ありがとね。でも……」

「なに」

意を決して口を開きかけた弟に、またも爽《さわ》やかに明信は笑った。

本当は真弓は他にもっと言いたいことがあったのだが、言えずに戸口に向かった。

「少し落ち着いて、今日は休みなさい」

しくしくとまだ泣きながら去って行く弟を、手を振って明信が見送る。

後ろから、聞き覚えのある足音と息遣いが聞こえて、明信はさすがにこの辺りで溜息《ためいき》をついた。

「……ロードワーク？　丈《じょう》」

しかし無視する訳にも行かないので、いい加減疲れ始める笑顔で振り返る。

「いや、花、買いに来た」

「どうして」

花など要る筈がないだろうと、すぐ下の三男、どう見てもロードワーク中のプロボクサー帯刀丈に、明信は溜息をついた。

大体が三男はこの花屋の店主と非常に折り合いが悪く、それは兄明信が店主のためにまさしくここにいるからにほかならないのだが、そんな訳でロードワーク中に店に向かってシャドーボクシングを演じて行くことはあっても、花を買ったことなど終《つい》ぞなかった。この数日前までは。

「ラーメン屋の子に、告白する」

「昨日も一昨日もそう言ってたよね」

「今日こそする。これで買えるだけ薔薇くれよ」

ポケットから、汗を吸った皺々《しわしわ》の千円札が三枚、明信に差し出される。

「……丈、毎日こんなにお花買ってたらバイト代なくなっちゃうじゃない」

「いいんだ。どうせすぐ減量で、金なんか使わねえし」

「……薔薇の花束で告白なんて……」

本当だとしてもいいとこその薔薇で殴られるのがオチだろうと、瞬発力の強い弟の片思い遍歴をよく知っている明信は、屈んで刺《とげ》をきれいに取ったかよくよく確認した。やはり赤だろうかピンクだろうかと、丈が抱えているところを想像してせめてラッキーカラーだと本人の主張する赤にしようと、開き切った赤を明信は纏めた。何しろ間違いなく無駄になるので。

「千円でいいよ」

開き切っても、きれいなものはきれいなのでせめてものリボンは兄心で結ぶ。

「なんで。そんなに沢山」

「いいから」

どうせ一日しかもたない薔薇だとは残酷で言えず、兄は手渡した。

「あとは応援代。バイトだけどここはまけとく、龍《りゅう》ちゃん丈の応援団入ってるし」

「……っ……」

さらっと、その名前が出て、全く似合わない赤い薔薇の花束を抱いて丈は後ずさる。

ここに寄った肝心の、本題を話すなら今だと、丈の口がぱくぱくと動いた。そうだ今だ。今しかないと思った瞬間、丈が戸口に無残に頭を強打する。

「イテッ!」

「なにやってんの! もう……気をつけて行きなよ? 緊張して、車に轢《ひ》かれたりしないでよ丈」

「……はい……」

もう力尽きて丈は、薔薇を抱えてすごすごと店を出た。

「頑張るんだよ」

手を振る兄の声も聞こえず、背を丸めてとぼとぼと歩いて行く。

「……まったくもう、みんな。いつまでも片付かない」

値段の書き換えをしなくてはと、事務仕事に強い明信は机に着いて手早くそれを済ませた。

そうして値段を貼《は》り替えると、あとは商店街の店が大方終わる時間までいくらもなく、ふっと暇になって明信は途方にくれた。

普段はこの花屋は、他の店より少し遅くまで半分シャッターを開けているが、ここ数日は隣が閉まるのを合図に片付けを始めている。

客が、と言ってもみな家族ばかりだったが、とにかく客が途切れたので、明信は勝手口を開けた。

「くうん」

心細そうに、店主の飼い犬のポチが、明信を見て鳴く。

「ごめんね、あんまりかまってあげられなくて」

ポチを撫で回しながら明信は、その温もりを胸に抱いた。

「それにあっち行ったりこっち行ったり……やだよね。でも今日も僕が帰るとき一緒に、お散歩だと思ってついて来て。本当にごめんね」

「ちょっとー、ついに誰もいなくなったの？」

　独りごちていた明信の背後遠くから、隣の揚げ物屋の理奈《りな》の声が響く。

「あ、ごめん理奈ちゃん。何？　仏壇花？」

「違うわよ。明日うちの年寄りの趣味の祥月命日《しょうつきめいにち》参り。ま、どっちにしても一緒だけどさ。……ああ、はいはい涎《よだれ》ね、涎」

　隣に嫁に来て久しい理奈は、亭主ともどもこの花屋の店主の同級生で、背中に去年生まれたばかりの三番目の赤ん坊を背負っていた。

「かわいいね。表情出て来て、一番かわいい頃？」

　なんとか、いつも店主がやるように花を纏めて、明信が眩《まぶ》しく赤ん坊を見上げる。

「それどころじゃないってー、もう三人もいると戦争よ！　年寄りも子どもとかわんないしねー！」

　子どもの頃から知った家に来て、我が親我が娘のようにしてもらっている理奈は、我が家族にするのと同じように婚家の者にも口が悪い。

「こんな感じでいいかなあ」

「開いてんの入れて、安くて派手な方がいいのよ」

「あ、じゃあこうして……」

　値段を下げた花を交ぜて、明信は隣の値段を考え込んで思い出した。

「千円。細かいのあったら九百円、だっけ」

この店主とのいつもの会話で、理奈は九百円を用意しているのだが、今日は千円札を置いた。

「いいよいいよ千円で。慣れない商売参ってんでしょ、ったく。閉めちゃえばいいって、あのバカが勝手してるんだから」

他人とは立派なもので、家人が言えずに後ずさって行ったことをずばずばと言う。

「……でも、僕バイトだし」

「関係ないわよー」

「半分、責任あるし」

「なに言ってんの……？　あんたは勉強してなさいっての、だいたい……。はいはい、わかったよ今行くって！」

繁盛している隣は忙《せわ》しなく、理奈は早々に呼ばれて話半端で花を摑《つか》んで去って行った。

「ありがとう……ございました。……助かった。理奈ちゃんにあれ以上突っ込まれても、何も言えないし」

幼少から長女の暴走族仲間でもあった理奈には、明信は頭が上がらないどころではなく恐れを抱いている。

「僕……もしかするとちょっと女性恐怖症のケがあるのかな」

そういえばここのところ、大学でゼミの女性陣と会わないで済んでいることに少し安堵《あんど》している自分にも気づき、明信は己を疑った。

全《すべ》てを見ているものがいれば、明信に言っただろう。明信は女運が、ない。何処か人の言うことを聞いてしまいそうな風情のせいで、寄る女寄る女、皆強烈な女ばかりなのだ。そしてそれはいつでも明信に姉を彷彿《ほうふつ》とさせ、姉が母と同じく女という生き物だと知ったときの、幼少の折りの誰にも言えない絶望感を思い出させられる。

「明信」

隣が終わる音が聞こえてさてそろそろ片付けるかと思った瞬間、またもや背後から知った声で呼ばれて明信は肩を落とした。

「……大河《たいが》兄」

なんですかと問う気力もなく、明信がいつもより早い会社帰りの長兄を振り返る。

この時間は決して、兄が帰るような時間ではない。兄は仕事でいつも忙しくしていて、残業でとうとう帰らないこともざらだし、ましてや三日続けて定時に帰って来るなどあり得ないことだった。

「どうしたの」

なのでうんざりしたりしては悪いとも明信は思ったが、どうせ兄も他の家族と同じようにあわあわして行くだけなのだ。

「は、花をな、花を買いに来たんだ。花をくれ」

やはり、と、明信は小さく息をついた。

存外、こういうところ兄と兄の恋人とは似ているかもしれないと、明信が気づく。恋のことなどには本当に疎いが、なるほど二人が十年近くも本題に入れなかった訳だと、今更思い知らされた。

「どうして花なんか。秀さんにでもあげるの?」

こうなると似合わない軽口の一つもたたいてみたくなるから不思議だと、明信はふと眺めると粗方片付いてしまった花を物色した。どうせ、あれこれ言っても兄は花を買って帰っていくのだ。花を括《くく》った方が早い。

「バ、バカ言うな! なんでそんな真似《まね》……っ」

「……見てる方が恥ずかしくなるから、赤くならないでよ」

「赤くなんか……そうだ。赤い、もんがなんかいいんだと。編集部の新しく入った女の子が、帯刀さん今日はラッキーカラーは赤ですよってな、言うもんだから」

「もういいから、お願いやめて」

勝手に急場に追い込まれた大河の言い訳は見るも無惨で、慌てて明信は赤い花を探した。

「ほら、このぐらいで纏めてくれ」

「そんな……一万円も、何考えてるの大河兄」

「花が売れないと困るだろう」

どんな時代の花売り娘物語だと、明信は頭を抱えて、そうだと、紅梅に目を向ける。

「売れてるよ、普通に。それは……いつも通りって訳にはいかないけど」

今朝の仕入れで、珍しくつい、高値だが店に飾ればいいかと買ってしまった、大振りの紅梅の枝に明信が手を伸ばす。

「だいたい一万円も掛かる花、ここ置かないし。ね、三千円ぐらいでどう、この紅梅。売り物にするつもりじゃなかったんだけど」

「一万円分纏めろ」

「……大河兄……」

言い出したらきかないのは嫌と言うほど知っているので、もうここは兄の顔を立てるしかないと、明信は大きく紅梅を括った。

「盆栽に接《つ》ぎ木してみる？」

「……ラッキーカラーだ。いいことが、ある。だからその、な、明信」

「なに」

「いや、だから」

「なに？」

全員に平等に向けた笑顔で、明信はまっすぐ兄を見た。

紅梅を抱えて、兄はその目を見返すことができずに項垂《うなだ》れる。

「……夕飯までには……帰れよ」

精一杯と言うにはあまりな精一杯の言葉を残して、大河は踵《きびす》を返した。

「はい」

そうして今度は、巨大な紅梅の束を抱えた兄が背を丸めて去って行くのに、外まで見送って明信は大きく遠慮なく溜息をつく。

「ありがとうございました。……一万円なんて」

「明兄ちゃん」

「うわっ」

さて閉めるかと振り返ると、そこには魚屋の一人息子達也《たつや》がぬぼっと立っていた。

「いやさ、俺もガラじゃねえのよ花なんて。でもね、たまの登校日で真弓と勇太《ゆうた》に会ってみりゃ買え買え買え買えうるさいしね。久しぶりに帰ってみりゃうちじゃ親父とお袋が、残り物全部買ってやれなんて言うしね、就職決まって見習いに行ってるひまーな一人息子に。そんでうちも一万円なワケよ」

作業用ヤッケのポケットに手を突っ込んで、花から目を背《そむ》けて達也が溜息をつく。

「そんな……気持ちだけでいいよ。もうそんなに残ってないし本当に」

このぐらいのやってられない感じの「お気持ち」が落ち着くものだと、達也が救いになるとは我ながら驚きながらも、明信は遠慮して手を振った。

「ゆっとくけどうちもゆーふくじゃないワケ。でもここで一万円分花抱えて帰らねえと、町内会会長の親父と今夜はどつきあいなのよ。明兄ちゃん」

ちゃっちゃとしてちゃっちゃと、と、達也が、花の前にいるだけで落ち着かないというように辺りを見回す。

「悪いね……達坊」

「つーかさ、閉めちまえばー？　何もこんな律義にやってやることねーって。ヤー公の女にでも手え出して今頃サイパンか隅田《すみだ》の底かもよー」

そして他人とは立派だと、今度は魚屋の息子が明信に思い知らせるのであった。

「……痛いとこ、ついてるかも」

実のところ、あまりそのことについて考えないようにしている明信が、ふっと目の前が暗くなって店の床に膝をつく。

「ま、明兄ちゃんも真面目だしな。しょうがねえか、放っておけねえよな。ああもう休んでて休んでて。値段見て適当に貰《もら》ってくから」

「待って水揚げするよ」

「そういうことは母ちゃんがするから、選ぶのもかったりーから、もー端から適当に開いてんの貰うわ」

さすがに商売物を扱っている店の跡継ぎだけあって、本当に適当なところで一万円分の花を抱えて、達也が頭を落とした。

「人様に見られねえうちに帰るわね、あたくし」

「本当にごめんね達坊、ありがとう」

「いいっていいって。親の金親の金」

急ぎ足で行きながら手を振って、達也が歩いて一分の我が家を目指す。

「ありがとうございました……。なんだか、店を開けてるせいで却《かえ》ってみんなに迷惑をかけてるような」

花が消えるのを見届けて、店の中を片付けて、明信は水を撒《ま》いた。

内側からシャッターを降ろしてしっかりと鍵《かぎ》を掛け、置いて行く訳にも行かないので手提げ金庫を持って勝手口から出る。

「はいおつかれさん」

見ると学校の後仕事に行ったのだろう秀の息子の阿蘇芳勇太が、ポチの引き綱を外していた。

「勇太くん……山下《やました》の親方のところ、もう済んだの？」

勇太は真弓や達也と同じ学校の同級生だったが、もう職を決めて早くから学校の行き帰りに修業方々仕事をしている。

「目があれやからて、日が暮れたら最近終わりや。早いとこあれこれおそわっとかんと、あかんなあれは」

口は悪いがその親方を慕って、辛抱強く勇太が通うのを家族は皆感心していた。

「そんなこと言って」

「俺は花は買わへんけど、今日もそない残らへんかったんやろ？　家中総出で買いに来て」

だいたい一日の事が見えている勇太が、意味深に笑って引き綱を引く。

「うん……でも」

「言わへんでもわかっとるわ」

二人は並んで、ゆっくりと往来に出た。

「勇太くんには、でも一番迷惑かけてるよね……親方にも。朝仕入れ手伝ってもらって。せめて僕が免許持ってたら」

「おまえが免許？　東京では向かへんと思うでー。それに仕入れはまだ一人やったら無理やろ」

「そうなんだよね。助かってます」

「今日かて、あんなワケのわからん紅梅こうてまうし」

「きれいで」

「商売向いてへんて」

「でもあの紅梅、今うちにあるよ多分……」

「あーもー、かなわんわ。閉めてしもたらどうや。やったる義理ないでバイトに、いくら付き合うとるからて。怒ったらええがな。それよかおまえ急場変に腰据《す》わるから、みんなびびっとるで」

理奈や達也は本当に何故バイトなのにそこまでと思っているだろうが、それには言えない、今勇太がさくっと言った訳があった。

明信はバイトをしているだけではなく、木村生花店の店主、龍の恋人でもあるのだ。

「急場は、急場だけど……でも、半分は僕のせいなんだよ」

「いーみがわからん」

話しながら歩いていると、あっと言う間に商店街から少し離れた帯刀家に着いてしまう。

「ポチー、勘弁な。今日も泊まりや。バースと仲ようせえや」

意味がわからないと言い放って、ポチを帯刀家の老犬バースの近くに繋《つな》いだ勇太の屈んだ背を、一瞬、明信は重い感嘆とともに見つめていた。

末弟の真弓よりいくつも大人びて見える勇太は、その真弓の恋人でもある。

「……すごいよね、勇太くん」

「なんが」

「すごいよ」

言いながら深々と頷《うなず》いて勇太に疑問符を残し、明信は玄関に向かって行った。

百花繚乱《ひゃかりようらん》。

その言葉の意味をよもや我が家で知る日が来るとはと、帯刀《おびなた》家の人々は、玄関に牡丹、仏壇に咲き乱れる竜胆《りんどう》、窓辺に不自然な紅梅、そこここに薔薇、その他今日だけのものではない花が咲き乱れる居間で、無口に夕飯を取っていた。

「……かなわん、花の匂いで、メシがまずなるわ」

「勇太《ゆうた》」

禁忌に触れたとでも言うように、秀《しゅう》が冷たく勇太の名前を呼ぶ。

「はいはい……」

そしてまた沈黙の食卓に戻る訳だが、皆箸《はし》の進みが遅い。匂いもたまらないが、気持ちを大きく塞《ふさ》ぐことが全員の胸にあるのだ。

だがそれを誰も、どう語ったらいいのかわからず既に三日。口元はただ一向《ひたすら》に箸を食《は》む。

「……丈《じょう》、あの薔薇、人にあげるんじゃなかったの?」

しかし口火を切ったのは、一人、家族中から何を考えているのかさっぱりわからないと現在思われている次男明信《あきのぶ》だった。

「ゆっ、ゆっ、勇気が出なくて!!」

「昨日の分も一昨日の分も、そのままで。勇気出ないって、おまえが？　いつも思い立ったらすぐ行動なのに？」

「たっかねのっ、はな！　なの！」

嘘《うそ》と言い訳が全く得手でない丈は、花を買ったはいいが後のことを考えていなかった。

「みなさん」

静かに箸を置いて、家に花が溢れること三日目、明信は膝を正して全員に言った。

思わず家人も、長兄までが正座で背が伸びる。無関係、と思っている勇太は食事を続けていた。

「もう、花は買って頂かなくて結構です。今日までありがとうございました。でもだいたい仕入れと売れ行きの流れもわかったので、本当にお気遣いなく。店に様子を見に来るのも、やめてください。お願いですから」

こういう明信の改まったお触れは滅多に出るものではなく、皆びくびくとただ怯《おび》えている。

「だけど明ちゃん……」

「だけど、なに？　まゆたん」

「え!?」

問い返されて、真弓《まゆみ》はびくりと後ずさった。

「だって……その……ごめん余計なお世話かもしんないけど……お花もそうだけど……」

実のところ、普段なら言いにくい本当のことをさくっと言ってしまうのは明信の仕事で、しかし今回は明信が当事者なので一向に話が進まない。

家族なら余計にかと秀が、ここは自分がと意を決して居住まいを正した。

「明ちゃん、みんな心配してるんだよ」

「どれを？」

一息に言い放った秀に、予想外の問い返しを明信が聞かせる。

「……うっ……」

何を、とは明信は言わなかった。心配をかけているのはわかっている。

だが、どの件についてかと言われると、はっきり言える者は一人しかいなかった。

「せやから、龍《りゅう》がおらんようになったことやろー？」

皆の箸が進まないのをいいことに唐揚げをさらげて、勇太はけろっと皆が言えずにいたことを一気に言ってしまう。

「こんなあっさりポイて捨てられて、おまえがどんだけ傷ついとるかてみんな心配しとるんや。わかるやろが。俺呆《あき》れたわあいつには、ほんま」

凍りつく家族を他所《よそ》に、勇太は言わなくていいことまで言い尽くした。

「勇太おまえ……っ」

「勇太！　捨てられたなんてそんなひどいこと……っ」

「どうしておまえはそうなの！　勇太」

「なんや、ちゃうんかいな。花屋やれとるんかて思て、それだけで顔出しとるワケやないやろが」

　ずっと黙り込んでいる大河《たいが》以外の三人が、一斉に勇太を責める。

「そ、そうだけど……でも明ちゃんの気持ち考えたらなんて言ったらいいのか……真弓なんか特にそうだよ。勇太は平気な顔でここにいるのに」

「なんやねんそれ」

「オレだって、もう言葉なんか全然……ああっ、ぐちゃぐちゃだ！　まさか龍兄が……だけどだけど」

　真弓は訳のわからないことを言い、一番怒るだろうと勇太に思わせていた丈は怒るというよりは嘆いて、頭を抱えてもんどり打っている。

「……そうだよね、覚悟してると僕も龍ちゃんのことは信じてたつもりだったけど。だけど一方では」

　ぐっと言葉に詰まって、秀は青ざめた。

「……うん、真弓もおんなじ」

「だー!!　ワケわからん！　おまえら怒っとるんとちゃうんかいな!?　さっきから黙っとるけ

ど大河！　おまえはどうやねんっ。いっときは日本刀まで持ち出して、龍いてまおうとしたやないけ！　それをおまえの大事な弟が、店と一緒に放り出されたんやで？　書き置きも何もなしでいきなりや」

「いきなり、ではない」

目を閉じて長考に入っていた大河は、らしくない坊主のような物言いで静かに言った。

「いきなりやろ。気いついたらおらんようになっとったんやろ、荷物も持たんと。ほんまおまえ何考えとんねん、ちょっとでもええから俺にわかるように喋《しゃべ》れや。こっちがノイローゼになりそやでっ」

この家族の反応が本当に理解不能な勇太も、皆とは違った意味でのストレスが限界に来ている。

「……色々、思うところあって考えが纏まらないんだ。勇太」

「そうだよ勇太」

「真弓も」

「オレもだよ」

「なんやっちゅうねん……そらおらんようになった理由は、俺も本屋の親爺から聞いたわ」

すぱっと言った勇太に、平静を装っている明信の口からも悲鳴が洩《も》れそうになって、全員が口を押さえて項垂れる。

「なんや、あんたらの姉ちゃんの新刊出たんやろ？　ここの町では幟《のぼり》も立てる習慣やて、『帯刀志麻《しま》新刊』て、今も花屋の向かいに立っとるわ。……『まだ探られていない日本の秘境』やったか？　節操ないなー、風俗ルポやっとったんちゃうの。で、それ見た瞬間右に龍が駆け出して、それを本屋の親爺が見たのが最後やて」

「帯に……『帯刀志麻、富士《ふじ》の樹海で霊能者と霊を交えて対談』と書いてある」

「ぷ」

暗く、大河が呟《つぶや》くのに、勇太は思わず笑うしかなかった。

「笑い事じゃないよ勇太！」

「なに笑ってんの勇太!!」

「笑ってる場合かよ勇太っ」

「な……なんやねんほんま」

また皆に怒鳴られて、勇太もいい加減後じさる。

「居るって……ことなんだよ、つまりは」

ずっと皆のやり取りを傍観していた明信が、辛《つら》い現実と向き合うような声を聞かせた。

「霊がか？」

「何を聞いてるんだおまえは本当に……」

頭を抱えた大河からは、情けない声が洩れ聞こえる。

「霊ならいいよまだ、霊なら。富士の樹海に居たのは霊と霊能者と……お、おねえ……ちゃん」

「姉貴が日本に帰って来てるってことだー!!」

この焦《じ》れた会話に耐えかねた丈が、耳を塞いで悲鳴を上げた。

「……おまえら、姉ちゃんおらんようになったとき泣いとったやないか」

「俺たちが言いたいのは」

頭を掻《か》き毟《むし》って、大河が大きく溜息をつく。

「竜頭町の人たちは、なんで龍兄が右に走ってったかわかんねえだろうけど、理由ははっきりしてるってことだ」

顔を上げて、今度は逆に俯《うつむ》いている明信を、大河は憐《あわ》れみとともに見つめた。

「やっぱり……死ぬのはいやだよ、誰だって」

首を振って真弓が、涙を落とす。

「そうだよな……そりゃそうだよ。オレだっていくら好きな子が振り向いてくれたって、嬲《なぶ》り殺されるんじゃ割に合わねえと思うもん」

それはもう、いっそ殺してくれという目に散々あってからと、想像しただけで丈は気を失いそうになった。

そんな家族の言葉に、明信が長く詰めていた息を吐く。

「龍ちゃん……本能っていうか野性が強い人だから、多分帯の文字を見た瞬間、何も考えずに右に走ったんだと思うんだ」

ずっと、そのことについて口を噤《つぐ》んでいた明信は、胸に詰まっていたことを吐いたら少しだけ声に涙が滲《にじ》みそうになった。

「でも、しばらくしたら色々考えるだろうから。そしたら多分帰っては来ると思うんだ。だから店は、開けておかないと」

「おまえはどうなんねん」

肝心のそこはどうなんだと、勇太が言及する。

「……それは、二人でよく話し合うよ。本当に、なかったことにする覚悟がないと龍ちゃん町を出てくしか……考えなしだった、僕。こうなることはわかってたのに……」

「龍に捨てられるってことがかいな。俺、龍のことそない思てへんかったで」

明信の言動を、勇太は責めた。実際まだ勇太は、龍がしたことについて言葉とは裏腹に何か深い訳があと思っている。

「そうじゃないよ。いつか志麻姉が帰って来るかもしれないってことだよ。そのときどうなるか、なんだかずっと先のことのような気がして」

食が落ちて痩《や》せてしまった両手で顔を覆って、明信は背を丸めた。

「だから……俺も複雑なんだよ」

重い口を挟《はさ》んだのは、大河だった。

「明信もいい大人だし、龍兄には確かに怒っちゃいたけど龍兄ばかりを責められない。殺されてもいいほどのことをしたとも、やっぱり思えねえし。でも姉貴は殺《や》るだろうし。問題は何処で話し合う間を作るかってことで……」

「隠し通すよ！　大河兄‼」

頭を抱える大河に、必死に明信が訴える。

「でも……姉貴もホント、野性の塊だしなー。龍兄が虎《とら》なら姉貴はライオンだぜ。百獣の王だぜ？」

散々痛い目を見た丈が、実感を込めて呟いた。

「明ちゃんが隠せても、龍兄が無理だよ。多分目が合った瞬間、龍兄の目に今までの出来事が全部書かれるよね。で、瞬殺」

想像に難くないことを、真弓が涙ながらに語る。

「姉貴を殺人犯にする訳にもいかねえしな……まあ、本はいなくなった後これで四冊目なんだ。そうでなくても、いくらなんだって姉貴だってビザの更新やなんだで、出っぱなしだった訳じゃねえだろ。それでも一度も帰って来てねえんだから、今回だってもう日本にいねえのかもしれねえし、俺も今あちこち当たってるんだ」

帰って来ない方に賭《か》けたいと、二年半の間に山積してしまった問題に大河は顳顬《こめかみ》を押さえた。

「ありがとう……大河兄。……だけどいずれは、ね。やり過ごせることじゃないし、今回のことは却って良かった気がする。呑気《のんき》にし過ぎてた。龍ちゃんが人間に戻ったらよく話し合うよ。……ちゃんと、別れる」

努めて平静を装って、明信が言うのに、皆思いは複雑だ。

「真弓……別れちゃえとか言ってたけど、でも」

「他に方法はないの？　ねえ大河」

真弓は涙を流し、秀は縋《すが》るように大河を見て、大河はそんなものがあればと腕組みをする。

「今初めて思ったけど、おまえ……心底偉いな。本当に偉いな」

ふとそのことに気がついて、丈がしみじみ崇《あが》めるように勇太を見た。

「勇太は……志麻さんをよく知らないから」

それも本当に気の重い問題だと、秀が溜息をつく。

「だからって……よく、平気でそうしていられるよね、勇太」

「待てや他人事《ひとごと》かいな真弓！　さっきから俺、つま先まで血の気引いとるんがわからへんのかいな!!」

限界まで壁に張り付いて、前々から聞いてはいたがここまでとは思っていなかった勇太の目の前には、ライオンに嬲り殺されながら食べられる自分が行ったり来たりしていた。

「そうだよ……勇太の命も掛かってるんだから、大河、ねえ」

「でもそれはね、ごめんね明ちゃん。真弓もう物語作ってあるから、この間言わなかったっけ？」

「物語？」

大丈夫勇太は安全と、真弓が勇太を庇《かば》うようにして首を振る。

自分も聞いていない、と、勇太がすっかり失念して尋ね返した。

「言ったじゃん。トラウマ物語だよ！　真弓は、お姉ちゃんが女装させまくったせいで、おかまになっちゃったことに気づいていつの間にかセーラー服で高校に。そんで学校でいじめられてたところに、高一の二学期転校して来た勇太が助けてくれて、勇太はすごくやさしくて理解してくれたの。だから真弓もう勇太がいないと生きて行けない。……ど？　これ」

「お……おまえ、俺はありがたいんかなんなんかようわからん」

「命だぞ勇太！　まゆたん……明ちゃんにもなんか作ってやれよトラウマ物語」

「だって明ちゃんの場合、相手が龍兄だもん……勇太のことはお姉ちゃんまだわかってないけどお」

ついには丈までも明信のために龍のことを頼んでやるのを、無下にもできなかったが真弓の言うことにはどうにもならない説得力があった。

「でもそれ、学校でいじめてた連中、はどうなんだよ。まゆたん」

「ただじゃ済まないよね……その架空の人たち」

「……今からコックリさんかなんかに決めといてもらう……真弓も演技に磨きをかけとかなきゃ！」

「知らない人に迷惑かけたら駄目だろう……と、いうよりな真弓、兄ちゃんが悩んでるのはそこなんだよ」

何処なのか誰にもわからないことを言って大河は、無意識に手で煙草《たばこ》を探しながら紅梅に癒《いや》しを求める。

「どこお？」

「姉貴もまるきり話にならない訳じゃねえ。元々は人間なんだから。ただ」

ちらと、まるで儚《はかな》い者を見るかのように、大河は勇太に目を向けた。

「その物語、語る間があればいいな……真弓」

地の底に吸い込まれるような大河の呟きに、一同はただ息を飲み、どん底のまま夕餉《ゆうげ》時は過ぎて行くのであった。

がらり、と店の扉が開けば、明信《あきのぶ》はどうしても反射的に椅子《いす》から立ち上がるようにして戸口を見てしまう。

そうして腰を浮かせる度に、会いたいのだと、明信は思い知る。一年半、少しずつ少しずつ、寄り添うようにして、最近では恋人と呼ぶのに惑うこともなくなった人の顔を見ない日はなかった。

それは、龍《りゅう》と閨《ねや》を共にしたあの晩の前もずっと、顔は合わせていたかもしれない。けれど最近では何もかも、明信自身が前とは変わってしまっていた。

会いたいと思う人がいて、会いたいと、願う気持ちが身の内に在《あ》って。

それだけでも明信には胸を摑《つか》まれるようなのに、その人の大きな手が、叶《かな》うなら今と思ったその時に、静かに触れてくれる。時には腕が、ゆるやかに包んでくれる。

そして、ふっとその人の心が痛んでいると気づくときに、拙《つたな》くても自分の手で、触れていだくことが、できた。

いつの間にか当たり前のようになっていた日々は、明信には本当に得難い、幸いと呼ぶにも等しいかわからない大きなものだったのだ。

今も、叶うならと明信は心の一番奥で願うけれど、目の前で店を見回している人はその人ではない。

「理奈《りな》ちゃん……？」

「あいつ、まだ帰ってないの。通った気がしたんだけど」

言われる前に、理奈が何か気配を勘違いして店に乗り込んで来たらしいと明信が気づいたのは、理奈に全く花を買う気がないのと、手に異物を握り締めていたせいだった。

「……そ、それ何？　理奈ちゃん」

「え？　あ？　今研《と》いだんだよ、今！」

現在家族を震え上がらせている姉とたいして変わらない口調と怒気で、理奈が握っている右手を振る。もっとも、志麻《しま》が爆発するとこの程度では済まなかったが。

すぱんと、薔薇《ばら》の首が一つ落ちた。

「……肉切り包丁なのに草切っちまった……買うわ、これ」

「い、いいよ。いいけど、理奈ちゃんできれば包丁は持ち歩かない方が……」

「わざわざ持って来たんだよ。龍の野郎が帰って来たのかと思って」

「思って？　包丁で？　そんな三日四日店を空けたくらいで……っ」

「明」

座っていた椅子ごと壁に張り付くようになっていた明信の前まで、理奈は店の戸を閉めて、つかつかと歩いて来た。

タン、と気が収まらないのか包丁の角を古い机に刺して、理奈が机に腰を掛ける。

「あたしも馬鹿じゃないんだからね」

「そんなことわかってるよ……」

　理奈が何を言いたいのかわからず、明信はどうして世の女は皆こうなのかと誤解したまま震え上がるばかりだ。

「一年？　もっとになる？　あんたが、志麻の自慢の学士様が隣で働き始めて。あんたみたいな秀才、いくらでも他にいい働き口あるだろうに」

「そんなことないし、そんな世の中じゃないし……僕の勉強してることなんて本当につぶしが……」

「そんな話をしてるんじゃないんだよ!!」

　バン、と理奈は理不尽に机に掌《てのひら》を叩《たた》きつけた。

「最初は女子校の娘たちが、きゃあきゃあ騒いで。龍とバイトの子ができてるって。ったあく今時の子は何考えてんだか。あたしらの頃は女子高生っつったらみんな、どこで男とやるかってそればっかりだっつって、呆《あき》れてたもんよ」

　できればその固定観念にも呆れたい明信だったが、口に出せる勇気などある訳がない。

「でもね、隣で一年以上だよ。ひょいと通ると、なんだかあんたら夫婦みたいに見えて……時々は露骨にどっかひっついて……ああもう寒いのに余計に寒くなるじゃないのさちょっと!!」

　言いながら理奈が、声を荒らげて両手で己の肩を抱いた。

「……だけどあたしだって何もね、そういうもんが全部駄目だと言うつもりはないよ。人それぞれさと、疑い始めてからは自分に言い聞かせることもあったもんよ。あんたんとこの兄弟、言っちゃなんだけどみんなどーかしてるしさ。でもね！」

「り、理奈ちゃん……できれば声を……」

落として、まで言えずに明信がただ青ざめる。

「……そうね。まあ、商店街の連中は気づいてないから」

溜息《ためいき》をついて理奈は、龍がよくするように煙草《たばこ》を探す仕草をしてから、やめたのだと気づいて手を止めた。

こんな状況なのにそんなことさえ、明信には龍を想わせる。

しかしどうしても目に入るのは、机に刺さった包丁だ。

「百歩譲って、あたしにしちゃあよく考えてもみた。あんたは志麻が姉貴だったし、女がダメでもしょうがない。母親みたいな真似《まね》させられて、志麻や大河《たいが》の女房みたいなところもあったし」

言われながらなるほどと、そんな理由もなくはないかもしれないと明信は変なところで理奈の言い分に納得させられてしまった。

だが問題はまだまだ後に待っている。

「でもんなワケないわよ。あんたみたいに真面目で律義で普通の優等生が」

「理奈ちゃん、そういうのは。へ、偏見と言って……っ」

あんまりな言い分に明信が咄嗟《とっさ》に口を開いたが、それどころではなく理奈は恐るべき話をしているのだと明信はじわじわと思い知らされた。

「結局龍にこまされたんでしょう!?」

「りっ、理奈ちゃん!?」

いきなり襟首《えりくび》を摑まれて、明信は理奈の思い込みに咄嗟に言葉が出なかった。

「聞いたことあんのよ。さんざ女食ったヤツは女じゃ飽き足らなくなって最後野郎にいくってね。昔族にもいたのよそういうのが！　だけどね、食うにしたって相手を選べっつうのあのバカが！　殺してくれるわ！」

「ご、誤解だよ理奈ちゃん。全部誤解……」

「何が！　あたし見てたのよ龍が本屋で右に走ってったとこ。何かと思ったら志麻の本があんじゃないの。よりによって志麻の一番の自慢の弟に手を出すなんて……いくらあんたがしおっとしてるからって、見境がないたあ思ってたけどここまでとは思わなかったわ！　あんたおとなしいから、こまされていいようにされて、店まで手伝ってそんで志麻が帰った途端に捨てられたんでしょう！」

「待って、待って理奈ちゃん、僕の話を聞いて……」

できるなら今その肉切り包丁で己の喉《のど》をついて死にたい、と明信は羞恥《しゅうち》に塗《まみ》れて既に死にそうだったが、ここで死んでは龍にも理奈にも迷惑がかかると、理性はいつでも必ず明信を見張っている。

「そこまで言うなら、僕も本当に正直に話すから」

もう観念するしかないと、明信は震える声でなんとか理奈に言った。

「庇《かば》っても無駄だよ。あの馬鹿八つ裂きにしてくれるわ！」

「駄目だよ三人も子どもがいるのに……ってそうじゃなくて、理奈ちゃん。本当にその、言いにくいけど。理奈ちゃんの言う通り僕は、た、多分女の子は苦手で」

それは嘘《うそ》ではない確かにと、明信が大混乱と恐慌状態の中から必死に言葉を探して、頭を抱える。

「龍ちゃんとは……ご……ご」

「強姦《ごうかん》されたんだね!?」

「違うよ！　合意なんだってば!!　本当に！」

勢い明信がらしくない声で叫ぶのに、理奈が目を丸くする。

軽々と、理奈は肉切り包丁を机から抜いた。

「……わかりやすい嘘つくんじゃないよ。耳削《そ》ぎ落とすよ」

「落としてもいいよ。信じられないだろうけど、うっかりこうなっちゃったんだ。最初は……お酒の勢いで」

「あいつ酔わしてやっちまったってこと!?」

龍の過去遍歴から出て来る理奈のストレートな推測も明信は耐え難く、本当にその包丁ですぱんと首を落としてくれないものだろうかと気が遠くなる。

「最初から酔ってたのは僕の方で」

だが失いたいが気を失っている場合ではない。

「龍ちゃんに……多分頼ったんだよ。それで。……お願いこれ以上は勘弁して。恥ずかしくて僕心臓止まりそうだよ」

「……俄《にわか》には信じ難いね……」

誰もが言うだろうことを、理奈は言った。考えてみれば兄弟たちの最初の反応と大差ない。

「真弓《まゆみ》のこたあ、女の格好なんかさせてた志麻も悪い気がしてたし……まあどの道あの彼氏はそう長くないだろうけど。先生は先生で、どっかの星から来たみたいなワケのわかんなさで、だいたい野郎くさくないし。でもあんたらはどうにも、男同士だってだけであたしには……悪いけどさ、どうにもさ」

納得できないと理奈が、包丁の縁を指で撫《な》でる。

「ごめん……隣でそんなんで、やだよね」

「……そりゃ、まあ、気分のいいもんじゃないけど。そんなのあんたたちの勝手だけどね。でも明、あんたの言うことが本当だとしてもだよ」

言葉を選ぶように、理奈は机の上で頬杖《ほおづえ》をついた。

「ああもうっ、あんたが女だったら話は早いんだよ。龍なんかやめなってひっぱたいて龍をしばいて、無理やりにでも別れさせせるさ！」

「どうして……？」

「どうしてだあ⁉　そりゃあね、今は龍だって落ち着いてるしあたしだって龍が好きさ。だけど自分の妹や弟みたいなもんが、くっつくだの結婚するだのっつったら話は別だよ。殺してでも止めるっつうの」

「なんでそんな」

「あのね、理屈じゃあないんだよ！　あたしはね、龍にも幸せになって欲しい。あんたが女だったらそりゃ祝福するかと思うだろ？　でも理屈じゃないのさ！　どっかの何も知らない女子校の娘でも嫁にしてくれりゃ泣いて祝ってやれるってゆうのにあいつ……」

「わかんないよ理奈ちゃん……」

言いながら、けれど半分は明信も、理解した気がした。

この町は狭過ぎる。

ましてや長く町に住み付き合いの深い者たちにとっては、誰もが姉兄で、弟妹で、父母のようなところがあって、ようは全《すべ》てを見過ぎているのだ。

「真面目に、ほとんど一人で家のこともやって来たあんたが……なんで今度は龍にって、思うわよ。龍には悪いけど」

「待って理奈ちゃん。僕は家のことも好きでやってたことだし。それに……僕は、龍ちゃんには……」

やさしくされているし、大事にされているし、彼が好きだと明信は言いたいが、さすがに口に出せる台詞《せりふ》ではない。

「聞きたくない！　何も聞きたくないよあたしは！」

もちろん理奈も、聞かされるなど冗談ではなかった。

「……うん。僕も、言えない。酷《ひど》いよね。龍ちゃん一人悪者にして……庇ってもあげないで」

「何言ってんの。あんたがどう思おうと、あんたは被害者で龍の犠牲になってるとしかあたしには思えないんだよ」

「ちが……」

「だったらなんだって今も、そんな泣きそうな顔で一人で必死でこの店守ってんのさ！　龍にいいようにされてる証拠じゃないの!!」

「違うよ、違うよ理奈ちゃん……!!」

「とにかく龍が戻って来たらすぐ来るから。人の恋路になんとやらとかゆうけどね、あたしゃ黙っちゃいないからね。だいたい右に走って速攻逃げたんだあいつ。ガキの頃と結局一緒じゃないのさ！　……ぶち殺す」

これ以上は自分も話すのが耐え難いと、言いたいことを言って理奈は包丁を手に出て行ってしまう。

「待ってよ理奈ちゃん……っ」

戸口まで明信は追ったが、混雑した店に理奈は入って行ってしまった。

追ったところで、言葉も、見つからない。

だが理奈の残した言葉は、いつまでもいつまでも明信を苛《さいな》んだ。

反対されることなどは、たいしたことではない。家では今も賛成されてはいない。それでも一年半の付き合いで、少しずつ、わかってもらえていることがあると、明信は勝手に思っていた。

被害者で犠牲になって。

そんな顔を、していたのだろうか、自分は。

悪い癖なのかもしれないと、子どもの頃からの様々を、明信は思った。何処《どこ》か、皆兄弟も自分には気を遣っている。甘え過ぎたと、真弓は言った。嘘をつかせて我慢をさせたと、丈《じょう》は泣いていた。熱を出したときの大河の不自然なほどのやさしさが、額に今も残っている。

兄として弟として、明信を犠牲にして来たという思いが皆の中に在る。

それは明信もよくわかっていたけれど、どうにもならぬことのような気がしてもいた。けれどそうではないのかもしれない。皆のそんな思いを、知っていてただ放っておいてはいけなかったのだ。

今も自分は、龍の犠牲になっているような顔をして、ここにいるのか。

俯《うつむ》いている明信の目の前でガラリと扉が開いた。

足元の人足履きで勇太《ゆうた》と、わかってしまう。

「届け物の帰りなんやけど……」

俯いている明信に、溜息交じりに勇太の足が寄った。

「……おまえも、そろそろ限界なんちゃうかと、思て」

最後まで言葉を待たずに、とんだタイミングだと、自制しようとしながらも立っていられず明信は勇太の肩に額を預けた。

「……ごめ……」

「……真弓に見つかったら浮気やな、これ」

わざと軽口で言ってくれながら、勇太が明信の背をそっと抱く。

今だけそれを龍のように思って、明信は顔を上げなかった。

「……いい加減、会いたいやろに。俺家出の常習犯やから、待っとるやつこないな思いさせとったんかって、今更やけど身に染みるわ」

「……会いたいよ……」

素直に、明信の口から思いが滑り落ちる。

そうして一つ石を吐いた気持ちになれて、やっと、明信は勇太から離れた。

「ごめん、甘えて。まゆたんに怒られちゃう」

「内緒や。あいつヤキモチ焼きやから」

言いながら、けれど今はこれぐらいなら真弓も怒りはしないだろうと、勇太が苦笑する。

「ただ、待ち疲れただけか？　なんかあったん？」

手慰みに花を寄せた明信に、得手ではないが頭を掻《か》きながら勇太が尋ねた。

「……勇太くん、本当に聡《さと》いね。こういうとこ」

「ガキの頃ちゅうもんが、なかったからな。俺、人の話聞いたりするん得意やないけど、おまえ……喋《しゃべ》れるヤツおらんやろ。なんかゆうてみたらどや」

兄弟には言えないだろうし、肝心の龍はいないしで、自分が聞くしかないだろうと勇太が肩を竦《すく》める。

「……そうだね」

机の角に、明信は寄りかかった。

「ちょっと、一人じゃ無理かも。情けないけど」

「そないなことあるかいな」

「勇太くん口固いし、話してもいい？　……あ、でも仕事に」

「少しならかまへん。家やったら聞けへんし」

奥に寄って、勇太が明信の肩の辺りに立つ。

「……ごめん、ありがとう。変なの、僕、絶対前は……」

「一人でしまいこんどった、か?」

「うん……こんなときに勇太くんに甘えるなんて、信じられないよ」

そこに勇太が居てくれるのが、胸に寄りかかれるためにだと気づいて、それはと自分に言い聞かせながら堪えられず、明信は頬を預けた。

「理奈ちゃんが、全部気づいてて」

「隣のか?」

「うん。隣だから色々……でも確信したのは、志麻姉の本見て龍ちゃんが右に走ってってたときだって」

「おっそろしなあ。おまえらのことは、なんぼなんでも町中に知られる訳にはいかんやろ」

「どうして?」

「普通やから。真弓はあんなんやし、なんやしょうがない思うんやろ誰でも。秀ははたからしたら宇宙人みたいなもんやし……」

「だいたい人の印象って一緒なんだね。……理奈ちゃん、僕が女の子でも絶対反対するって」

「当たり前やろー」

「どうして?」

勇太からその言葉が聞かされるのが意外で、思わず明信が顔を上げる。

「龍やで」

一言の下に、勇太は理由を終わらせた。

「取《と》り敢《あ》えず家のもんかてみんな反対して、そんでもおまえがどうしてもて強情ゆうて大騒ぎのあげく結婚。てとこちゃう？　最初は反対されて当たり前や。あー、おぼこいとこういうのんにひっかかってまうんやなーて、涙涙の結婚式やな」

「……それだったら、おかしくていいけど」

「せやな。笑えるできっと」

「理奈ちゃん、僕が龍ちゃんの犠牲になってるって」

一旦離れた胸に、明信は額を置いてしまった。

「被害者だって」

「……それは」

少し迷ってから勇太は、明信の髪を抱いた。

「龍かて、そない思っとるんちゃう？」

「なんで」

「俺かて、真弓のことそういう風に思うことあるし」

「どうして……？」

「しゃあない。悪ガキやった報いや。真弓、なんも悪いことせんで生きて来たのに、なんで俺なんかとおって苦労せんならんのやろて。今のおまえみたいな辛《つら》い思いさせるたんびに、思うわ。しゃあない」

仕方がないことだと、二度、勇太が聞かせる。

その勇太の胸で、大きく、明信は首を振った。

「……だけど僕たちは違う。僕が被害者面してるんだよ。龍ちゃんの犠牲になってるみたいな顔でいるんだよきっと。だって何も、そんなことなんかないのに」

「あんなあ、言うたらなんやけど。おまえ我慢の子やん、聞いたらガキの頃から。おまえが好きで我慢しとるゆうても、人から見たらおんなしやし、気にしてもしゃあない。お互い積み重ねて来てしもたことや。おまえは被害者ゆわれて、龍はどつかれる。そういう人生を送ってきよったんや二人とも、一年やそこらで引っ繰り返るかいな」

困ったように言われても明信が納得できる筈がなく、唇を噛《か》んで俯く。

「けど」

小さく、勇太は足りない慰めを探して、溜息をついた。

「こないして、参ってしもたときに俺に話して、寄って」

少しだけ強く、勇太は明信を抱いた。

「龍と寝えへんかったら、できへんかったことやろ。全部自分で抱えて、自分が悪いて思い込んで終わってたことやろ?」

「……あ……」

掠《かす》れた声が、明信の口元から漏《も》れた。

慌てて、勇太が明信を放す。

「ちょお、堪忍やっ」

「え？」

「……いや。なんやおまえおかしな声出しよるからー、悪い虫疼《うず》いたわ」

自分のせいかと気づいて、バツ悪く勇太が髪を掻いた。

「……ごめん。龍ちゃん……思い出して」

「寝床のかいな。堪忍してやー、ほんま」

「そんなんじゃ……。でも、勇太くんの言う通りだね……」

「せやせや。一人でも二人でも、おまえが変わったってわかっとったらええやんそれで。ちゅうか、おまえがわかっとったらええ話や。誰にわかってもらわなあかんねん、意味わからん。もう行くでー俺、これ以上ここにおったら最近秀《しゅう》が観とるっちゅうおかしな昼メロみたいになるわ」

「そんなこと言って」

あり得ないよと、行こうとする勇太に明信が笑う。

「俺もまだ青いんじゃ。このよーに、人はそう簡単に根っから変われんちゅうこっちゃ。真弓には内緒やで」

「もちろんだけど……自分で結局言っちゃうんでしょ。すまん、今日、って」

「……そやな。そんであいつ怒って」

しばらく考え込んでから、何かのタイミングでつい黙っていられずに口に出す自分を、明信に言われて勇太は想像した。

「僕にもまゆたん怒るよ。もう明ちゃんとしばらく口きかないって」

そして余波が飛ぶのを想像して、明信が笑う。

「ずるいけど、受験済むまではそっとしといたら」

「ああそれ、ええ理由や。良心の呵責《かしゃく》に耐えられるわ。そしたら帰り、ポチ取りに寄るよって、またな」

最後に用件を言って、勇太は戸口に掛けた手をふと止めた。

「……おまえ、そんなんやのに、ほんまに龍と別れてまうんか」

目を見ずに勇太が、小さく尋ねる。

「……帰り際に、そんな難しいこと聞いて。他に……どうしようもないことなんだよ」

「そうか……すまん」

けど、別れて欲しないな、と小さく呟《つぶや》いて、それこそ自分らしくないお節介だと思ったのか勇太は店を出て行った。

一瞬、龍に似た人肌が触れて離れて行って、なお龍が恋しくなる。

どうしようもないと、何度も自分にも言い聞かせた。別れるしかない、志麻が帰るまでのこと何故《なぜ》深刻に今まで考えなかったのか、こうなってみると明信は己の愚かしさが本当に憎くなる。

——こないして、参ってしもたときに俺に話して、寄って。

知ってしまったこと。

——龍と寝えへんかったら、できへんかったことやろ。

変わっていく、自分に。

本当はまだ、本当はと、その熱のそばを離れがたくて、様々な自分たちの間に横たわるものを後回しにして来た。

肩を、明信は己で抱いた。閉じ込めていたのに勇太に蓋《ふた》を開けられた寂しさが、今はただそれだけが明信を苛《さいな》む。

今、ここに、龍の腕が。

「……四日、逃げた俺が悪い。でも勇太と浮気はねえだろ」

欲しい、と思った瞬間、勝手口の方から伸びた、長い腕に掻き抱かれて、明信は息を飲んだ。

思い過ぎて夢を見ているのかと、一瞬体が固まる。けれど自分より高い熱がゆっくりと肌に移ってくるのに、現実だと、随分と時間をかけて明信は認識した。

「うわあっ」

そして瞬間、自分でも信じられないことに、帰ってくれれば取り敢えずは絶対に抱き返すだろうと心の底で思っていた筈の恋人を、両手で突き飛ばしてしまう。

「な……おまえ」

突き飛ばされた龍も信じ難いというように、壁に背をぶつけていた。

四日ぶり、不様と言えばあまりに不様な再会に、二人して呆然《ぼうぜん》と見つめ合う。

「ご……ごめん龍ちゃん！　いきなりだから驚いて……ってゆうか僕……」

突然の帰還はやはり明信には俄には信じ難く、怖《お》ず怖《お》ずと龍に近づく。

「ゆ、夢かと」

そして白いシャツの裾《すそ》を引いて、控え目に鼻を寄せた。

「おまえ……もしかして、俺が四日風呂に入ってねえんじゃねえかと思って突き飛ばしたのか!?」

「ご……めん……」

無意識の自分の行動に図星を突かれて、明信がびくりと跳び退《すさ》る。

「四日間色々考えてて、時々、ホームレスしてるんじゃないかなって……前に勇太くんがいなくなったときにそうだったから。だから帰ったらまずお風呂に入れなきゃって思ってて！」

言い訳と言うにはあんまりな本心に、明信は自分でも驚いた。

「そんなことよりもっと大事なことがあるだろう!?」

恋人に、大歓迎されるとはもちろん龍も思っていなかったが、だからと言ってそんな理由で突き飛ばされたのかと、己の立場も忘れて驚愕《きょうがく》する。

「そうだよね⁉　自分でもびっくりした、反射的に優先順位の一番にそんなことが来るなんて！　本当にごめん！」

待ち焦がれた再会なのに、出足から話は目茶苦茶になってしまった。

「四日風呂に入ってない俺は駄目なのかよ……友達のとこに、転がり込んでたから風呂は入った。つうか、何謝らせてんだ俺！」

言いながら、はっとしたように龍が明信から顔を伏せる。

「すまん！　本当に悪かった心細い思いさせて！」

そして突然、龍は店の勝手口で大きく明信に土下座した。

「しょ……しょうがないよだって」

「咄嗟に……志麻が富士山《ふじさん》にいると思ったら足が右に走りだして」

「右に走るよね。そりゃそうだよ殺されると思うもん。だから僕、よく話し合わないとって、それもずっと考えてて」

「呆れ返るよ我ながら。十七の時から随分大人になった気でいて、根っこのとこは何も変わっちゃいねえ」

「ねえ土下座なんてやめてよ龍ちゃん。志麻姉だもの、僕だって考えなしだったんだよ。ちゃんと決めよう、今回のことは警告だったと思って。志麻姉が帰って来たときどうやって何もなかったふりするか、今からちゃんと練習しよう」

「性根はヤバイと思ったら速攻とんずらのガキのまんまかよって、最後の二日はおまえにも大河たちにも合わせる顔ねえって」

「練習っていうのも変だけど、もう会わないように……は無理だから。挨拶《あいさつ》するとき不自然にならないようにとか」

「『富士の樹海で』って見たらよ、瞬間、うわ俺死ぬって思っちまって」

「僕大学の近くに下宿することも考えてたんだ。僕たちが一緒にいるところを見なければ志麻姉の勘がいくら鋭いからって、さすがに気がつかないだろうし」

「そんで真後ろにあいつが立ってるような気がして、取り敢えず富士と逆に走ったんだ。許してくれなんて言えねえけど、勘弁してくれ明！　なさけねえよな、許せねえのはわかる、でも」

「……龍ちゃん」

「マジで、本当に何も言わずに四日も、悪かった！」

「あの、龍ちゃん」

「……んあ？」

二度、呼びかけられて龍は、ようやく、恐る恐る床に擦《こす》り付けていた額を上げた。

「なんか……僕たち全然違う話してない？　少しも怒ってなんかいないよ僕。当たり前だと思うもん」

「そういえばおまえ……さっきから、おまえ志麻が来て俺が逃げたからって、ソッコー別れるつもりなのかよ⁉」

今更それが耳に届いて龍は、屈《かが》んだまま身を乗り出す。

「逃げたからじゃないってば！　だって……死にたいの？　龍ちゃん」

「んなワケねえだろ」

「だったら……」

「おまえ……俺がとんずらした恥を忍んで、土下座しに帰って来たのを、今見てなかったのかよ！」

「なんて命知らずな……」

「……ったく。ホントだ。よくよく考えたら一つも会話かみ合ってねえ。下宿っつったか？　それこそ死ぬ気で謝ったのに」

頭を掻いて龍は、四日で少し伸びたように見える髪を括《くく》り直そうとして、解いた。

花が駄目になるからなるべく焚《た》かないようにしているストーブに、龍が火を入れる。

疲れがどっと出たような横顔で、勝手口を背に龍は座った。

「有り難いことに怒ってねえっつうんだったら、隣、来てくれよ」

一人分空けてある隣を、龍が指す。

戸惑って明信は、しばらくの間そこを見ていた。

「腹切って土下座ぐらいの勢いだったんだ。朝風呂貰《もら》って髪も洗って髭《ひげ》まで剃《そ》った。それをおまえは……」

「ごめん。……でも、なんで怒ると思うの」

怖ず怖ずと、その隣に明信が腰を降ろす。

こうしてこの場所に二人で座るのは、初めてではなかった。

ここに二人で肩を寄せ合って座ると、机の陰になって外から誰かに見られることはない。

「だっておまえ……俺、志麻に殺されても本望だとかさんざほざいといて、本見たとたん間髪容れずに逃げたんだぞ?」

「そこでもし志麻姉が後ろに立ってたら、逃げてくれなきゃ困るよ」

「なさけねえと思わねえのかよ」

「そんなこと……」

少しだけ穏やかに話して、知らない家の石鹸《せっけん》の匂《にお》いが本当に龍から匂って、けれど龍自身の匂いも紛れも無く伝わって。

やっと明信は四日待った人に会えたのだと、息をついて龍の肩に頭を寄せた。

「思う訳ないって、何遍言わせるの」

その肩を抱いて龍が、少し長く息を吐く。

「……このままいっちまいてえとこだけど」

明信の髪に、龍は鼻先を寄せた。

「そんなザマじゃねえしな」

「だから……」

もう一度怒っていないと言いかけて、龍はどれだけ今己を恥じているのだろうと想像も付かず、小さく、明信が吹き出してしまう。

「笑うなよ……いや笑え。笑ってくれ」

吹き出されて、ただでさえ傷心の龍は落ち込んで背を丸めた。

「そうじゃなくて。僕……若い頃」

「おまえの年で若い頃とか言うなよ」

「だから……もっと子どもの頃。違うかな。龍ちゃんとこうなる前。……好みのタイプは？って、たまに聞かれたりするじゃない」

「誰に」

少しムッとしたような声を聞かせて、龍が問い返す。

「ゼミやバイト先とかで。たまにだよ。僕なんて本当に女の子には……」

「真弓がモテてモテて大変だって言ってたぞ」

「そんな訳ないでしょ。……ホラ、また話がずれた」

ホラ、と笑った明信を不可解そうに龍は見た。

「聞かれると、普通に『価値観の同じ人』って答えてた。それが当たり前だと思って」

「……俺じゃ駄目だって、話か？」

らしくなく少し声を落として聞いた龍に、明信が首を振る。

「現実は言葉みたいには納まらないって、話だよ」

どうしても触れたくて、明信は自分から手を伸ばして龍の手を指を絡めて繋《つな》いだ。

顔が見たくて見上げると、きれいにカミソリの当てられた頬が四日前より、少し窶《やつ》れている。

龍の言う通り、そのままもっと触れたかったけれど、話すことが、価値観の遠い二人だからこそいつでも大事だった。そして本当ならいつだって言葉より行動が元々の性格の筈の龍が、その歩調に合わせてくれていたのだと明信が知る。

「……ここ、女だったら四日間何処に居たの、でまず一騒ぎだぞ？」

いつまでも顔を見ている明信に、間がもたなくなって龍が軽口をきいた。

「何処にいたの？」

「工業の方の団地の、所帯持ちの昔のダチんとこだけどよ。んでガキがゴロゴロいて、ガキのお守りしてた。そんで、俺おまえに……」

「僕女の子だったら、ちょっと感じ悪いタイプかもね。きっちりした刃で顔当たってるから、男の人が居るところなんだろうなって今思ってた」

何か龍が言いかけたことに気づかず、ぼんやりと明信が呟く。

「そりゃ……ちょっとつまんねえ話だな」

「男としても、結構つまんないけど。……僕ね、一回だけ女の子と付き合ったことがあるんだ」

「……なんだよ。初めて聞いたな」

不意にそんな話をした明信に、龍が目を丸くした。

「龍ちゃんが思うような付き合いじゃないよ。大学一年のとき、図書館で」

「……図書館」

「半年、斜め向かいに座ってた女の子が」

「半年……」

「茶化さないでよ。半年目の夏休みに、私たちほとんど同じ本読んでますねって、話しかけて来て」

「おまえから話しかけろ！」

脱線して龍は、明信の不甲斐《ふがい》なさを叱《しか》った。

「そのときは僕も悪いと思ったよ……さすがに、途中から気がついてたし。お互い静かに同じような本を読んで、付き合うならこういう子がいいなあって、思って。だから最初のデートは勇気を振り絞って僕から誘った。小石川後楽園《こいしかわこうらくえん》に」

「年寄りかおまえは……」

　頭を掻き毟《むし》って、龍が呆れる。

「夏の花が盛りできれいだったから喜んでたと、思うけど。でも三カ月目くらいかな、ふられた」

「なんで」

「うん……ちょっとショックだったかな、あれは。お互い、一緒にいるのが苦痛になっちゃって」

「どうしてだ」

「利己的に見えて来て……それが自分とそっくりで。自分の嫌なところと目を合わせてるみたいで。苦痛なのに笑って。結局、もうよしましょうって、彼女に言わせた。最低」

「……高次元な付き合いだな」

　少し理解しがたいというように、龍が眉《まゆ》を寄せた。

「最初に、龍ちゃんに話したみたいな……自分だよ。弱いふりで、人のせいにしたり。相手にわざと罪悪感を与えることで、優位に立ってるのかもしれない。なんだか僕、今も、そういうとこ変わってないみたいだ」

「考え過ぎだって、言ったろ？　まだそんなこと言ってんのか」

怒って、龍が少し声を荒らげる。

「龍ちゃんだってさっき言ってたじゃない。人間そう簡単に変わらないって。……あのね、龍ちゃん」

言いにくい話を切り出すために、明信は龍の目を見て名前を呼んだ。

「理奈ちゃん、僕たちのこと気づいてる」

「げっ、げげっ、げ！　マジかよ!?」

「マジ、です。さっき言われた。それで……あ」

話を続けようとして、明信はさっき雑談のように何か大事なことを言おうとしていたのに、拾い損ねてしまったことを思い出した。

「龍ちゃん、さっき……子どもの相手してて、それで何かって、言おうとしなかった？　話しかけたよね？」

「おまえ自分が始めた話先にしろよ。そっちを先に聞きてえよ、俺は」

「なんで」

「いいから、話せよ」

何か本当に大事なことを、龍が言おうとしたことに明信が気づかされる。話したら明信が続けようとした話が変わるのではないかと、龍は思っている。

「先に、言いかけたの龍ちゃんだから。龍ちゃん話して」

「おい……」

「聞いても、今言おうとしたこと全部、話すから。必ず」

「だけどよ」

「上手な嘘……つかないから」

龍が案じていることに、明信は首を振った。

「もう、龍ちゃん僕に騙《だま》されたりしてないでしょう」

「わかんねえよ……そんなの」

溜息をついて深く、龍が明信の肩を抱き寄せる。

抱きしめていると言ってもいい腕が、四日離れていた痛みを探して抱いた。

「一日目は放心してた」

そしてようやく、仕方なしと言うように龍が先に話を始める。

「俺も最近じゃ志麻のこところっと忘れてたからよ……ハンマーで殴られたみてえになって。んで二日目から、まだそんなガキみてえに女から逃げてんのかって、ダチに子守させられて」

「……いくつの子？」

「上二人はガッコ行ってて、家に二歳になんねえのと、三歳と。……かわいくてな」

空いた方の手で置いて来た子どもを惜しむような仕草をして、龍が手を握り締める。

「そいつも若い頃はどうしょもなかったんだぜ？　でも嫁さんと床屋やって。夜は四人のガキの立派な親父で。叱ったりあやしたり……こういう人生もあったんだな、悪く……ねえなって。ぼんやりして」

「……うん」

少しの覚悟をして、明信は龍の胸の音を聞いていた。

子どものことが龍の口をついたときにするりと話から逃げたのは、時間稼ぎだったのかもしれないと明信は思った。四日、何処かで家庭に触れて、普段見ないようにして来たものをどうやら龍は抱いて来た。

もう最後になるかもしれないと、明信は目を伏せた。こんな風に自分より少し熱い肌に寄って、自分より少し速い鼓動を聞くのは。

「こんなにいいもんだって、思い知って……」

「……うん……」

「でも俺は」

溜息のように龍が、抱えて来たものを逃がしてしまう。

「違う人生選んだから」

「……龍、ちゃん?」

それでも決してその時に泣くまいときつく目を閉じていた明信の耳に、想像と違う言葉が降った。

「帰んねえとって、走って帰って来た」

　意味がわからなくて、じっと、明信が龍を見上げる。

「……かわいいって、家庭ってすごくいいものだって、思ったんでしょう？」

「……ああ」

「子ども……育てられるって、今度こそ思ったんじゃないの？」

「そうかもな」

「だったら」

「それで、おまえとやり直すために帰って来た」

「……わからないよ、そんなの。家庭だって持てる。志麻姉にだってどうかされずに済むのに」

「わかんねえだろうともよ」

　くすりと笑って、両手で、龍は後ろから明信を抱いた。

「おまえがまだガキな証拠だ」

　それが少し切ないと、そんな風に龍が息をつく。

　恋人にわかるような言葉を、龍はゆっくりと探していた。

「……俺は逃げてた。ガキや家庭のことは、おまえにも言ったけど。持つってことが考えられなかった。でもおまえと一年以上……こうしてて。他人と、何か同じものを持ったり」

耳元に口づけるように龍が、低く囁《ささや》く。

「育てたり。俺にもできるのかもしれねえって、思って」

「ならどうして？　子どもも……かわいかったんでしょう？　羨《うらや》ましかったんでしょう？」

「……言いにくいけどよ」

頬に、龍は頬を擦《す》り寄せた。

「正直な。羨ましかった」

胸が、痛まない筈がないと明信はいつもこの時のことを思っていたけれど、無意識に指がシャツの衿《えり》を摑んでいた。それでも、それはずっと明信にとって本当に大きな望みでもあった。それだけは間違いのないことで。だから今は、どんなに胸が痛んでも祝福しなければならない。

「だったら……龍ちゃん。言ったよね、僕の願いは龍ちゃんがお父さんになることだって」

「最後まで、聞けって。俺もそんな長く生きてるワケじゃねえけど」

けれど明信の揺れる声には惑わず、龍は、淡々と、先を続ける。

「何度か、どっちかだって、選ばなきゃなんねえときがあった。大きいことも小せえことも。ガキができたとき、逝《い》ったとき、お袋が出てっちまったとき、店のことやなんかでも。どっちだって、迷って」

ふっと、龍は胸を摑んでいる明信の手を解いた。

「明」

目を合わせて、少しだけ震える明信の髪を撫でて、龍が言い聞かせるように明信の名前を呼ぶ。

「ガキを持つのが怖えから持たねえって、前に俺言ったな」

「……うん」

「今は、そんなに怖くねえような気がする。家庭も、いいもんだと思った。だけど」

息を飲んで、明信は別れの言葉が注がれるのを待った。

「持たねえよ」

少しの間、ただ、沈黙が流れた。

意味を受け止め切れず、明信が龍を見つめる。

「おまえとやり直したい。だから土下座までしたんだろが」

「……わからない、そんなの……だって絶対に後悔するよ龍ちゃん」

「いろいろ別れ道があって。迷って、選んで来て、俺が一つだけはっきりわかったのは」

苦笑して龍は、明信の額に額を押し当てた。

「どっちを選んだって、後悔は必ずすんだよ」

鼻先が触れて二人ともがキスをしたかったけれど、今はまだ何かがそれを堪《こら》えさせる。

「大なり小なり、みんな後悔してる。それを、今ありもしねえ家庭とおまえを比べたりしても、しょうがねえよ」

「ありもしないのは、今まで持とうとしなかったからで……」

「それも、おまえが俺のそばにいてくれたらの話で」

聞かず、龍が明信に言い聞かせるようにして苦笑する。

「とらぬなんとかの話かもしんねえけどな。……今度はおまえの番だ。おまえの言いかけたこと、ちゃんと話せ」

触れそうになる唇を嚙み締めて、龍は尋ねた。

まだ惑って、明信がその唇を見つめる。

「……理奈ちゃんに、僕が龍ちゃんの犠牲になってるって言われて」

「……あいつ痛いとこ突くな」

「なんでそんなこと言うの？　僕は何も犠牲になんかなってない。なのに……今だって……」

決して、こんなとき龍の前で泣くまいと前に決めたのに、ついに涙が止めようもなく零《こぼ》れ落ちて、明信は首を振った。

何故涙が落ちるのか明信にはわからない。今まで、堪えられたのに、龍に決して引き留める思いを伝えるような涙は見せずにいられたのに。

「僕が、そういう顔をしてるんだ。龍ちゃんも、いてくれたらとかそんな風に言うし。僕が龍ちゃんの幸せ邪魔してるのかもしれないのに、僕が被害者みたいな顔して……こんなときに泣いて……」

「バカ」

幼子を見るように、そんな風に笑って龍が明信を抱きしめる。

「じゃあなんで逆は考えねえ。俺だって迷った。おまえを縛らないって言ったのに、こんなことを言ったらおまえは俺を、一人にできなくなっちまうって」

「僕には」

言って、いいのだろうかと、明信は迷った。

けれど思うより先に手が、龍の広い背にしがみついてしまう。

二人には長過ぎた肌の離れていた時間が、想像でしかなかった、言葉でしかなかった様々な憂いを、壊してしまっていた。

離れている間思い焦がれた背にしがみついて、胸に顔を埋めて。まだ足りない。耳に口づけられても、髪を撫でられても。

「選択肢なんか……ない。四日間、龍ちゃんにただ会いたくて……会いたくて」

「……明」

その言葉を確かに聞いて、龍は、禁を解いて唇に唇を合わせた。

「……っ……」

深く嚙み合って、探り合うようなキスは情交と変わらなくて、シャツ越しに肌がもっと深く互いを求め合っているのがわかる。

「ったく、この強情もんが……二階まで行く余裕ねえよ……俺」

深いキスのまま喉元を唇で探って、龍は右手で明信の肌を探った。

「待って、待って多分……理奈ちゃんが……っ」

腕に溺《おぼ》れそうになった瞬間、そのことを思い出した明信の声と同時に、花屋の入り口がガラリと開いた。

「さっきからちらちら見かけてんだ！　裏道をこそこそと……居るのはわかってんだよ龍！」

戸口から理奈の声が響くのに、二人が慌ててシャツの前を掻き合わせる。

が、間に合う筈もなくつかつかと奥に理奈は歩み寄り、龍の頭の上に肉切り包丁を振り上げた。

「理奈ちゃん、まさか本当にそんな……」

「四日もとんずらして帰るなりあんた……っ」

「待って理奈ちゃん！　お願い殺さないで!!」

そのしっぽりした姿が怒髪天をついたのか、見境がつかなくなった理奈と龍の間に入って、必死に、明信は龍を抱いて庇った。

「僕……さっきは言えなかったけど……すごく、すごく龍ちゃんに大切にされてるんだ。本当に……龍ちゃん、僕の話ちゃんと聞いてくれて、わかろうとしてくれて。今だって、最初は大

事な話してたんだよ。殺さないで理奈ちゃん。僕の……好きな人なんだよ……っ」

「おどき明！　こんなことはねえ、ガキの頃も何度もあったんだよ！　やり逃げやり捨て二股三股で！　あたしゃ志麻がヤキ入れてやろうとすると彼女が泣いて縋《すが》ってっ。あんたあの子たちとおんなじことしてんのよ!?　だーけど今度という今度は許さないわよ龍！」

「誤解なんだよ理奈ちゃん！　龍ちゃん本当に……っ」

「どけ、明」

しがみつかれていた龍が、明信を引きはがして、自分の後ろに置く。

「龍ちゃん……っ」

「理奈、俺今度という今度は、ぶち殺されてもかまわねえよ。それで本望だ。だけど」

膝《ひざ》をついたまま龍は、シャツのボタンを留めて理奈を見上げた。

「明と、生きていきてえって、気持ちもある」

唇を噛み締めて、理奈は龍を睨《にら》んだ。

包丁は握られたままで、本当に理奈は今にもそれを振り下ろしそうだ。

「……今のあんたが、前と違うことぐらいわかっちゃいるわよ」

長く息を吐いて、ようやく理奈が右手を降ろす。

「だけど明よ？　あんたちゃんと考えてる!?」

しかし怒りが収まったという訳ではなかった。

「……さんざ、考えた。今だってまだ、はっきり答えが出てる訳じゃねえ。――先が、あるんだ。どうなるかわかんねえけど、まだ、先が」

「もっと……よく考えな！　……ったく、当分花はいらないよっ」

一応、今は見過ごすということなのか、不憫《ふびん》そうに明信を見て理奈が出て行く。

「ごめん龍ちゃん……さっきちゃんと、理奈ちゃんに言えば良かった」

「言ってもどうにもなんなかったの、今見たろおまえ」

背で泣きながら明信が言うのに、少し呆れて龍が恋人を抱き直した。

「僕……今度聞かれたら叫ぶよ。龍ちゃんと一緒で、大事にされて……すごく……すごく龍ちゃんが好きで幸せだって」

「……さーけぶな。俺が死ぬ」

「あ」

「あ」

同時に、二人はそもそもの発端がなんであったのかを、思い出さざるを得なかった。

「今……みたいにちゃんと言ったら、聞いてくれないかな。志麻姉」

震える声で明信が言うのに、龍が大きく息をつく。

「理奈……族のころと何もかわっちゃいなかったぜ。刃物がでかくなって。志麻はな、あそこでひかずに俺はいつもぼこぼこにされた。だいたい俺も俺で、相変わらず咄嗟には逃げたしな」

「変わらないっていうなら僕だって……。成長はしても、人間の根本って確かにそう簡単に変わらないんだね。……そういえば大河兄、時々遠くから秀さんのことじっと見てることがあるんだよ？　あの家でどうやってって思うだろうけど」

「なんであいつらは許されるんだ？」

「元々志麻姉がくっつけたようなもんだから……」

「死ぬのは俺と勇太か」

「僕と一緒に生きて行きたいって言ったよね今！　龍ちゃん！」

龍の膝を握って、明信が必死に命の尊さを訴える。

「俺の希望と志麻の希望が嚙み合えばな……大体理奈が知ってるんじゃ、俺に会う前に志麻の耳におまえのことが入ってる。そして俺は志麻に会ったら……」

遠い目をして龍は、煙草を探しながらその時のことを思った。

「『あ、志麻だ』、の『だ』の辺りで死んでるんだろうな……」

「そんな……龍ちゃん！」

「それでも俺はおまえと生きる……なんとかなんだろ」

「……ちょっと待ってよ、もしかしてそっちは全然勝算ないのに戻って来たの!?」

虚《うつ》ろになった龍を、やはり別れるしかないと明信が揺する。

その明信を、不意に、龍が両手で掻き抱いた。

「残された日々を大切にしよう、明」

口づけて、龍は、店の鍵《かぎ》を閉めると明信の腕を引いた。

「そんな刹那《せつな》的な……高校生じゃないんだから……っ」

「人は簡単には変わらない。特に志麻は」

「……それは……」

階段を半分のぼったところで、強く、龍が明信を抱きすくめる。

「僕……僕、やっぱり選択肢が二つあった！　今別れなかったら龍ちゃんが死んだとき後悔するよ。人生で一番大きな後悔だよ」

「今回は志麻のおかげで」

明信の眼鏡《めがね》を外して、龍はもう一度深くキスをした。

「普段聞けないおまえの本音、散々聞けた。命かけてみるもんだな」

「……ん……っ、そんな……」

そのまま龍は明信を抱きかかえるようにして、階段を駆け上がって行く。

「中学生じゃないんだから龍ちゃん！　ちゃんと考えないと!!」

「志麻のことは今からなんか考えたって無駄だ！」

もっともな龍の叫びが、商店街の空に響いた。

聞こえた人々が、なんの話かわからぬままに深く頷《うなず》く。

「……それは僕だってわかってるけど……」

「ったく、泣くな泣くな。志麻が来てから泣け」

階段の途中で、項《うなじ》と腰を抱いて龍が足りない口づけを繰り返した。

「……俺もザマねえな。切羽詰まって、これじゃあ」

「どういう……こと？」

「おまえを待つっつったのに……もぎ取るみてえにして」

耳元を食《は》んで、シャツの中を探って、龍が肌を深く合わせる。

「待って……くれたよ……だって……」

立っていられずに龍にしがみついて、明信は勇太に頼った自分や、涙を堪えられなかった自分が、籠《こも》らずに本当に人と交わることを始めたのだと言いたかったけれど、声にならない。

「だって、なんだよ」

「……勇太くんに……聞いて」

「そういえばさっきのはどういうことだよ！　よりによって勇太におまえ……っ」

「いないから、浮気……した」

そのぐらいの意趣返しは、寂しさのお返しのうちにも入るまいと明信は思ったが、龍にとっては倍返しだ。

「……後で、大河にも土下座しに行かねえとな。勇太にもよく礼を……」

しかし全ては後だと、時の儚《はかな》さを思い知った二人は、階段の上がり場で抱き合った。

惑う明信も四日振りの腕に熱が込み上げるのを堪えられず、命のことは横に置いておくしかない、あまりにも刹那的な恋人たちの再会だった。

子供はわかっちゃくれない

桜が咲くにはまだもう少しという頃、帯刀《おびなた》家の末っ子真弓《まゆみ》は、本命の国立大学にあっさりと落ちた。

予感はあったのか合格発表は昼飯の後一人で見に行くと言い張り、帰って家族に報告すると真弓は、縁側で老犬バースの耳を掻《か》いていた。

「受かるワケないと思ったんだー。明《あき》ちゃんの学校、超賢いんだもん！」

項垂《うなだ》れるということはなく真弓は、掛ける言葉もなく居間に集まっている家族に振り返って笑う。

真弓が受験したのは、次男の明信《あきのぶ》が現在大学院に在籍している大学だった。

困ったように、明信が首を傾けて、仕方なしに微笑《ほほえ》む。

飯台を囲んで、明信、三男の丈《じょう》、真弓の恋人の阿蘇芳勇太《あすおうゆうた》が、皆、心配げに真弓を見つめた。

「そんな顔しないでよ、みんな。真弓の努力不足でした」

少し、喋《しゃべ》り方が子ども返りした真弓をやはり心配そうに見つめながら、長男大河《たいが》の恋人SF作家の阿蘇芳秀《しゅう》が、昼飯の名残《なごり》の白い割烹着《かっぽうぎ》姿で、慰めの茶道具を運ぶ。

その担当編集者である家長の大河だけが、急な仕事のトラブルで昨日の夜から呼び出されて、留守だ。

「いっぱい頑張ったね。お疲れ様でした」

飯台できちんといれた茶を、秀が真弓に渡す。

いつもはない茶托《ちゃたく》が、湯飲みには付いていた。

「ありがと、秀」

その見慣れない茶托に、真弓がくすりと笑う。

「真弓！」

真弓が温《ぬる》めの茶を口に運ぼうとした途端、普段必ず玄関を使う大河が、庭の木戸から駆け入って来た。

「……どうだった、国立」

駅から走って来たので息が上がったまま、大河が真弓に恐る恐る尋ねる。

「落ちちゃった。ごめん、走って来てくれたのに」

必死な顔の長兄に、酷《ひど》くすまない気持ちになって真弓は謝った。

「そうか、まあ、な。あんなに頑張ったんだ、しょうがねえよな」

用意していた筈《はず》の言葉なのに、元々器用とは言えない大河は、そう上手《うま》くは綴《つづ》れない。

「そうや。エライ根詰めてやっとったわ」

その国立のレベルをよく知らず、実のところ真弓が落ちるとは全く思っていなかったので、特に慰めを用意していなかった勇太も、居間から言った。

「しょうがねえよ、うん」

勉強とは縁遠いプロボクサーの丈が、大きく頷《うなず》く。

合いの手のように、バースが「くうん」と、真弓のために鳴いた。

「私立だって、立派なとこ受かったんだ。そっち行って、四年間頑張ればいいさ」

子どもにするように大河が、真弓の髪をくしゃくしゃにする。

「……え？　でも、私立は真弓、行かないって言ったよね？」

顔を上げて真弓は、困惑を露《あら》わに言った。

「力試しの記念受験だって、大河兄が言うから受けたけど。もう、入学金の納付期限も過ぎたし」

「それなんだけど、な」

少し問い詰める口調になった真弓に、大河が言いにくいながらも口を開く。

「振り込んじまった。受かったときに」

しかし結局大河は、それを打ち明けない訳にはいかない。

「なんで⁉」

明らかに真弓の声が大河を咎《とが》めて、裏返った。

「別におまえが国立落ちると思ってた訳じゃねえぞ？　保険みたいなもんだ。私大の入学金は返って来ないのが当たり前なんだから、無駄になんなくて良かった」

早口に言い訳した大河を、呆然《ぼうぜん》と真弓が見つめる。

居間の四人も、息を飲んで事の行方を見守っていた。

「でも……」

大河の言い分を素直には受け入れず、真弓が声を澱《よど》ませる。

「行ってくれよ、私立。いい学校だぞ、よく調べた。教授も不足ないし、設備も整ってる。おまえのやりたいこと、なんでもできるよ」

宥《なだ》め賺《すか》すように必死で、大河は言葉を重ねた。だが、真弓に告げたことに嘘《うそ》はない。

ふっと、真弓の顔が曇った。いや、凍ったようにさえ、皆には見えた。

「やりたいこと……?」

問い返した真弓の声が、酷く揺れる。

その音の心細さに、大河の勝手を責めて真弓が泣き喚《わめ》くのではないかとさえ、家族は案じた。

だが真弓は、どこか呆然とした瞳《ひとみ》で大河の言葉を聞こうとしている。身動きもしないで、大河を見ていた。

「僕も、いい大学だと思うよ。まゆたん受かったところ」

長い沈黙に、やんわりと明信が、口を挟《はさ》んだ。

「何も不足ないよ」

長兄と同じように真弓の受かった大学を調べていた明信が、慰めのつもりはなく思ったままを真弓に伝える。

「それに、私立行かないでどうするの？」

そして、まだ誰も聞いていなかった肝心のそれを、明信は真弓に尋ねた。

「明ちゃん……落ちたばっかでそんなことまだ」

滅多に見せない繊細さを丈が発揮して、狼狽《うろた》える。

「どう、するって」

答えようとして、真弓は声を痞《つか》えさせた。

「……浪人して、バイトして学費貯めながら勉強するとか、ちょっと考えてたんだけど」

はっきりとした反抗は、真弓は見せない。けれど俯《うつむ》いた顔とくぐもった声に、確かに不満が映った。

「そのモチベーション一年間保つの大変だと思うよ、まゆたん。よく考えてみて」

やんわりと、明信が諭して聞かせる。

「もちろんどうしても浪人したいなら、大河兄には申し訳ないけど僕はそれもいいとは思うけど」

明信にしては珍しく、はっきりとした意見を、真弓の進学について並べた。

「どうしても……なんて」

一瞬、また真弓が大河を見上げる。何か言おうとして、言葉を綴れずにそのまま俯いた。

「……私立のこと、ちゃんと考える」

火がついたものを飲み込むようにして、真弓が黙り込んでしまう。

「そうだよね、真弓ちゃん受かったとこ、すごい学校なのに。国立が控えてたから、ちゃんとお祝いもしてなかった」

すっかり静まり返った空間と、困り果てている大河のために秀が、ポンと手を叩《たた》く。

「オレおめでとうも言ってなかった！」

「俺は言うたで」

丈と勇太が、精一杯、話に参加した。

「ええと、ちらし寿司とケーキで、合格祝いを……」

胸の前で両手を合わせて、秀がじっと真弓を見つめる。

真弓は下を向いたきり、一向に顔を上げない。

「……そのうち、しようね」

無理に場を盛り上げようとした秀の声に、居間の空気は春から程遠いものとなった。

ろくに言葉を継がなくなった真弓《まゆみ》に、徹夜明けの大河《たいが》は触れられないまま自室に籠《こ》もった。秀のいれた茶にはほとんど誰も手を付けず、勇太《ゆうた》と真弓も、二階の六畳の二人部屋に取《と》り敢《あ》えず戻った。

「一、二年は、ちょっと遠くに通わなあかんのやな」

真弓が放置していた私立のパンフレットを拾って、勇太が捲《めく》る。

窓辺で肘《ひじ》をついて花曇りの空を眺めている真弓から、いらえはない。

「なあ」

根気よく、勇太はもう一度、真弓に問い掛けた。

「……うん、そうだね」

質問を聞いていたのかも怪しい真弓が、ぼんやりと相槌《あいづち》を打つ。

大きく溜息《ためいき》をついて、勇太はパンフレットを閉じた。

「なんか不満なん？　おまえ」

さっき居間で、みんなが思ったけれど聞けなかったことを、恋人で、ある意味他人だからこそ勇太が尋ねる。

兄弟たちは大河の気持ちも考えれば、真弓に問えることに限界があった。

「そら大河は相談も無しに勝手な真似《まね》したかもしれへんけど、どこの親もやることなんちゃうんか。俺ようわからんけど、学校でぼやいとるやつおったで。金掛かって親に悪いて」

真剣に真弓と向き合って、自分の持っている精一杯の情報を、勇太が渡す。大河の気持ちを考えろと説教をするつもりはさらさらなかったが、真弓が実際どうしたいのか、勇太にも今一つ見えなかった。

「別に不満なんて、ないよ」

窓の外を眺めたまま、沈んだままの声を真弓が聞かせる。

「大河兄には有り難いと思ってる」

それればかりは本心に思える言葉を、真弓は落とした。

「せやったらそうゆうてやれや。大河が気の毒や」

肩を落として部屋に行った大河の後ろ姿を思い出して、勇太が眉根《まゆね》を寄せる。

「それに秀が合格祝いしたいいて、うろうろしとったで」

「そんな気分じゃない」

振り返ることもせずに、真弓は気のない返事をした。

「何へソ曲げてんねん。そしたらなんで大河に宥め賺されたからて、私立受けたんや。受験するだけでも大層な金掛かるて、おまえ自分で言ってたやないか」

苛立《いらだ》ちを隠さずに、勇太が真弓を咎める。

「へソ曲げてなんか……」

ようやく、少し勇太を見て、真弓はその言葉を否定しようとした。

けれどそれは、上手く言葉にならない。

「……なんで、俺、私立受けたんだろね。ううん、てゆうかなんで俺……」

代わりに真弓は自問を始めたが、答えが出ないまま途絶えてしまった。

溜息をついて、勇太が真弓を見つめる。

「なんか、思てることあるんなら言いや。聞くくらいは俺かてできる」

今日、真弓は本命の国立大学に落ちたばかりなのだと思い出して、思いやりが足りなかったと反省して勇太は声を和らげた。

さっきと変わらずに、しばらく、真弓は黙り込んでいた。

二人の間に、こんなにも沈黙が続くことは珍しい。

いつも賑《にぎ》やかなのは、真弓が喋っていたからだと、今更勇太は気づいた。自分はそんなに、喋るたちではない。

でも勇太は賑やかにしてくれている真弓が、いつも愛しかった。

それはたまには、少しは静かにしてくれと思うこともない訳ではなかったが。

「勇太」

甘えた声でもなく、何からしくない無機質な声で、真弓はやっと勇太を呼んだ。

どんな愚痴《ぐち》や弱音を投げられても今日は受け止めようと、勇太が心構えをする。

「真弓の人生って、つまんないね」

感情の読めない声で、ぼそりと真弓は言った。

心構えをしていたのに、勇太の顔が険しくなる。

「おまえ……」

腹立ちを隠せずに、勇太は低く真弓を呼んだ。

勇太にしてみれば、たかが大学受験に失敗したぐらいで、真弓が真弓自身を否定するようなことを言うのが、全く度し難かった。

「ほかすど、そないなこと抜かすやつは」

それでも今真弓は尋常ではないのだと勇太は必死で堪《こら》えたが、そのまま真弓の言い様を右から左には流せない。

「ねえ勇太」

酷く叱《しか》ったつもりの勇太に構わず真弓は、窓から離れた。胡座《あぐら》をかいていた勇太に、真弓が歩み寄る。

「受験、終わったらエッチしてくれるって言ったよね」

畳に膝《ひざ》をついて真弓は、勇太の太腿《ふともも》に手を置いた。

「しようよ」

乞うように真弓が、勇太を見上げる。

真弓も最近では背が伸びたけれど、誰かを見上げる癖は変わらない。

全く話にならないままの真弓の、その媚《こ》びただけの様が本当に腹立たしくて、勇太は真弓の肩を強く押しやった。

「つまらんやつ、抱く気せんわ」

目を見て勇太が、言い放つ。

「ひどい！　俺が本命落ちたから!?」

はねのけられて不意に、真弓は突然、今まで堪えていた声を荒らげた。

「おまえが自分で自分のことつまらんてゆうたんやないか！」

理不尽な真弓の言い分をぶつけられて、勇太も勢い声を大きくする。

「勇太もそう思ってるってことでしょ!?」

「そんなワケあるかいアホ！　そしたら付き合うかっ」

訳のわからない真弓の言葉に、理詰めで応えられる大人げはまだ、勇太も身につけていない。

酷く腹立たしい気持ちで怒鳴ったまま勇太は、真弓を置いて二人の部屋を出た。


そのまま外に出ようとしたところで、戸を開け放した部屋で秀《しゅう》が仕事もせず呆《ほう》けているのを見つけて、勇太《ゆうた》は足を止めて間抜けな音で襖《ふすま》を叩いた。

「おまえそんなんしとったら、また締切り前に地球が終わるくらいの勢いでひいひいゆうんとちゃうんかい」

全く仕事をしている様子のない割烹着を着たままの秀に、勇太が早口に捲《まく》し立《た》てる。

「……そんな一息に言われても、何言われてるかわからない……」

ふいと横を向いて、秀も精一杯の早口で返した。

「勇太、なんか騒いでた？　今」

しかし気を取り直して秀が、気に掛かっていたことを勇太に尋ねる。

築三十年の日本家屋では、家族の揉《も》め事は筒抜けだった。

「ああ、なんや真弓《まゆみ》が拗《す》ねた口ききよって。腹立っててつい怒鳴ってもうた」

「今日はやさしくしてあげなよ……」

「けどしょうもないこと言いよってな。いくらなんでもあないなこと、言うやつやったかなあ」

諌《いさ》めた秀にぼやいて、部屋の中に勇太が足を踏み入れる。

それでも真弓がさっき自分に聞かせた言葉は秀には言えず、勇太は溜息とともに口を噤《つぐ》んだ。

真弓の言葉が、勇太には腹立たしいというよりショックだった。

「僕たちが思ってる以上に、真弓ちゃん本命に失敗したことで落ち込んでるんだねきっと。お祝いしようなんて言って、無神経だったな……僕」

秀がぼんやりしていた理由など、勇太は端《はな》から承知だった。どうせ真弓のことで落ち込んでいるのだろうという気持ちもあって、秀の部屋を覗《のぞ》いたのだ。

そっと肩を落としている秀の隣に腰を降ろして、勇太が無意識にポケットを探って煙草《たばこ》を探す。これはもう、癖のようなものだ。

「失敗しとらんやないか、別に。うちの高校からやったら、エライ賢い私立受かったっちゅう話やで。ウオタツが言っとったわ」

進学のことはよくわからないなりに勇太が、借りて来た言葉を吐く。

「でも本命じゃなかった訳だし」

そこのところは、真弓を毎日間近で見てきた勇太が一番わかっていることではあったが、多分無理だというらしくない言葉も、勇太は真弓から度々聞いていた。

「堪えたんかな。俺、あいつが駄目元やって言うから、真に受けとったわ」

実際、真弓のその言い分を信じていたので、勇太には今日の真弓が余計に不可解だ。真弓の進路への希望に対して理解が足りなかったのはわかったが、どの辺が足りなかったのか未《いま》だに勇太にはよくわからない。

「駄目でいいところ、本命で受ける訳ないよね……。浪人したいって言ってたし」

「……そやな」

言われれば秀の言う通りだと、勇太にも思えた。浅はかだった己を反省して、溜息をつく。

「真弓ちゃん受かった私立も、本当にいいところだから。気持ち切り替えてくれたらとも思うんだけど。やっぱり国立にどうしても行きたいのかな」

ぼんやりと秀は、定まらない真弓の進路問題を憂えた。

「まあ、金出すんは大河《たいが》やから。余計に掛かると思うたら、気持ちも塞《ふさ》ぐんやろけど」

「勇太も、怒鳴ったりしないで慰めてあげなよ。真弓ちゃんなりに、傷ついてるんだよ」

もっともなことを言う勇太に、秀が懇願する。

「ああ、そうするわ。あかんな、俺の短気直っとらんわ」

頭を掻いて勇太は、真弓のところに戻ろうかと腰を浮かせた。

「……あ」

不意に、それを引き留めて秀が、勇太のシャツの裾《すそ》を摑《つか》む。

「なんや」

「あ、ごめん」

無意識の自分の行動を咎めて、秀はすぐに手を落とした。

「どないしたん」

真弓のこともちろん気に掛かったが、今、秀が自分を引き留めるのはよっぽどのことだと、勇太が振り返る。

「ううん、今じゃなくていい」

首を振った秀に、苦笑して勇太は座り直した。

「ゆうてみい、なんや言いにくいことあるんか」

こういうとき秀が何か言い出しにくいことを抱えているのはよく知っていて、勇太が目を合わせる。

その眼差《まなざ》しを逸《そ》らせずに、秀は、義理の父親の威厳などまるでなくして観念した。

「……あのね、この間、久しぶりに岸和田《きしわだ》から手紙が来たんだ」

「へえ？　お好み焼き屋のババアか」

他に思い当たる人はいなくて、勇太が懐かしい人のことを口にする。

「ババアとか言わないの。お世話になった人のことを」

幼い頃世話になったお好み焼き屋の女将《おかみ》のことを、勇太が愛情とともにそんな風に呼ぶことは知っていたけれど、咎めて秀は叱った。

「ババアからなんやろ？　また誰か結婚でもするんか」

改めるつもりは全くなく、勇太が軽口をきく。だが、女将からの手紙は風向きのいい話を運んで来るとは限らないとわかっていて、笑いながら勇太は身構えていた。

「ううん……そうじゃなくて」

口ごもって秀が首を振るのに、秀にわからないように勇太が、息を飲む。

「ごめん、お手紙頂いてすぐに話すべきだったんだけど」

「そない困った話なんか」

言い淀《よど》む秀に笑顔は消えてしまって、勇太は低く尋ねた。

「違うんだよ。僕が……驚いちゃって。あのね、お母様が」

「何処の」

誰のとも言わずに、勇太が「何処」のと尋ねる。

この家に今、母親の存在がはっきりしている者は、一人もいない。

「勇太のお母様だよ」

話をするために、秀は小さく息をついた。

「ふらっと岸和田に帰ってらっしゃったって、書いてあって。またすぐにいなくなってしまわれたみたいなんだけど」

たどたどしく秀が勇太に、女将からの手紙の内容を、説明する。

「読む？　手紙」

言葉が不充分だと感じて、自分宛ての手紙だったが、秀は勇太に尋ねた。

「ええわ。なんでおまえに手紙よこすんやろ、ババア」

気づくとほとんど止めていた息を吐き出して、勇太が笑う。

「だから、その呼び方はよしなさい」

勇太の笑顔に緊張や無理があまり覗かないことを、秀は瞳を覗いて確かめた。昔の勇太なら、自分を捨てて行った母親の話を聞いて、すぐに逆上することも考えられた。

秀の心配を知って、勇太が苦笑する。

「あんまり、幸せやないんやろな。おかん。わかっとったことやけど」

片膝を立てて手を置いて、少し遠くを、勇太は見つめた。

勇太の眼差しは過去の辛《つら》さを思うようでいて何処か、懐かしいものや愛しいものを見ているようにも、秀には映る。

「勇太のお母さん……一緒に町を出た人と、別れちゃったのかな？」

「そら、とっくなんちゃうの」

怖《お》ず怖《お》ずと尋ねた秀に、勇太は惑わず答えた。

「なんでそう思うの？」

見てきたように言った勇太が不思議で、秀が問いを重ねる。

「俺はおかんを、よう覚えとるからな」

仕方がないという目をして、勇太はそれでも、笑った。

「ぼちぼち男に頼れんようになって、古巣に戻ろて思うとんのかもな。殴るおとんももう、おらんのわかっとるやろし」

淀みなく言った勇太に、秀が安堵《あんど》ともつかない息を漏《も》らす。

「……お母さん、帰ってらしたらご挨拶《あいさつ》行く?」

小さな声で、秀は勇太に聞いた。以前なら決して、問うこともしなかったことだ。手紙が来たこと自体、昔なら言えなかっただろう。

やっと尋ねた言葉に、目を伏せてしまいそうになる秀を、勇太が見つめる。

「ああ……そうしよか」

ゆっくりと、勇太は答えた。

決して今までならば返す筈のなかった答えを、勇太も綴っている。思いもしなかった自分に、出会う。

「もしかして、勇太」

途切れ途切れの言葉で、秀は懸命に、続けた。

「岸和田帰ること、今、考えた?」

問い掛けた秀の声はけれど、もう、震えない。

「なんでや?」

問い返す勇太の声音も、不思議に穏やかだ。

「なんとなく」

ようよう、秀が微《かす》かに笑む。

短くはない間が、二人の間に流れた。この家に似合わない静けさが襲って、庭の木の新芽を撫《な》でる風の音さえ、大きく響いて聞こえる。

「……そうかもな。ちっと、考えたわ」

躊躇《ためら》いながら、勇太は答えた。

すぐには、秀も言葉は出ない。

けれど沈黙は決して耐え難いようなものではなくて、春を招く風の音を、二人は黙って聞いていた。今まで秀と勇太が積み重ねて来た時間がやわらかな痛みのように、触れていく。

「けど俺、捨てられたことまだ恨んどるで。きっちり」

いつまでも黙り込んでもいられたけれど、勇太が戯《おど》けて見せた。

「おまえも、真弓もおるし、仕事もまだまだやし。けどおかん帰ってきよったら、ほっとく訳にいかんしな」

ふと結局真顔になって勇太が、先を続ける。

当然のことのようでいて、それを勇太が言うのは、決して当たり前のことではなかった。穏やかに語ろうとしても、何処かに力が入る。

「まあ、なんか考えるわ」

それでも言葉は、勇太の唇から自然と零《こぼ》れ落ちた。

黙って、秀が長く勇太のその言葉を、胸に抱く。

「勇太」

掠《かす》れた声で、秀は勇太に呼び掛けた。

「なんや」

それきり何も継がない秀に、勇太が肩を竦《すく》める。

「おいで」

座ったまま秀は、ほんの少し泣きそうな笑顔で、勇太に両手を広げた。

「なんや、きしょいな」

軽く、勇太がその手を打ち払う。

「きしょいとか言って、もう」

憎まれ口を利きながらも勇太は、結局秀と肩を寄せ合った。

お互い、目は見ない。

戸籍の上だけではなくいつからか親子になって、それでも二人はこんな会話を交わす日が来るとは思っていなかった。幾度となく深い思いを重ね合っても、そこまでは自分たちを、信じてはいなかった。

今、秀と勇太は、別れるときの話をしたのではないのだ。

「僕が今、どんな気持ちかわかる?」

酷く満ち足りた声で、秀は問い掛けた。

「……ああ」

素直に、勇太が頷く。

「寂しくて切なくて悲しくて……胸の奥に灯が灯《とも》ったみたいに、嬉しい」

「せやから、ちゃんとわかるてゆうたやろが」

全部教えた秀に、勇太は子どものように言い返した。

「全然！　全然わかんない!!」

不意に、勇太が閉め損ねた戸口が、思い切り全部開く。

廊下には半泣きの真弓が、立っていた。

「なんなの!?　勇太また俺たち置いてっちゃうの!?」

何処から話を聞いていたのか真弓が、堪えられず涙を零す。

「真弓……せやなくて」

酷く混乱する真弓に、勇太も秀も慌てたけれど、わかるように今の二人の気持ちを説明することは、どちらもできなかった。

「真弓がつまんない人間だから!?」

真弓は真弓で、自分のことで精一杯過ぎて、普段なら思いやれるかもしれない勇太や秀の気持ちを考えることがまるでできない。

「おまえ、ほんまに怒るで！」

己を軽んじる真弓の言葉が繰り返されるのに、勇太も思いやりを忘れた。

「怒ってるのは俺だよバカ！」

泣きながら怒鳴って、真弓が踵《きびす》を返してその場を駆け出す。

そのまま適当な靴を突っかけて、真弓は家を飛び出してしまった。

追わずに勇太《ゆうた》が二階に駆け上がるのに途方に暮れて、向かいの大河《たいが》の部屋の襖を、秀《しゅう》は叩いた。元々、真弓《まゆみ》のことで、秀は大河の部屋を訪ねるつもりだったのだ。

「入っていい？」

いらえがないのに仕方なく、秀が襖を開ける。

「……んあ？　どした？」

騒ぎに目も覚めなかったのか大河は、書類が散らかった部屋の真ん中で、校正原稿を握りしめたまま寝ていた。

「君、寝てたの？」

少し呆《あき》れて溜息をついてから秀が、大河は昨日の晩から徹夜だったことを思い出す。

それでも今日は真弓の合格発表だから、無理矢理切りを付けて大河は帰って来たのだ。

「真弓は？」

起きるなり末弟の心配をする大河に、溜息を深めて秀が傍《かたわ》らに腰を降ろす。

「勇太と、喧嘩《けんか》になって。飛び出してっちゃった」

「またか」

まだ高校生の二人の絶えない痴話喧嘩には付き合えないと、大河は枕元にあったハイライトを取った。

「僕も、悪かったんだけど」

一本口に銜《くわ》えた大河から、決して機敏とは言えない動きで秀が、煙草を取る。

「なんで？」

めげずに大河は二本目を口にしたが、それも秀がゆっくりと奪い去った。

「もちろんそのことも、真弓ちゃんには深刻なことだと思うんだけど」

「だから何が」

構わず大河が、三本目を取ろうとした手から、秀が煙草を丸ごと取る。

「何すんだ、返せよ」

いつもならもっと強い口調で迫る大河なのだが、今日は少し力なかった。

「何度言ったら聞いてくれるの？　煙草やめてください」

「目が覚めるんだって」

「ならもう少し寝てれば」

「真弓になんかあったから、おまえが起こしに来たんだろ？　起きるよ」

「じゃあ起きてよ」

「煙草」

「煙草はやめてください」

押し問答のようになって、二人とも核心から逃げている会話の行く先を見失う。

「あのなあ」

「体に悪いよ。お酒もだけど」

眉を寄せた大河に、肩を落として秀は小さく息をついた。

「古女房か、ったく」

寝癖のついた髪を掻き上げて、大河がぼやく。

「僕、そんなに沢山、君に小言言う？」

萎《しお》れて、秀は呟《つぶや》いた。

「いや……そんなことはねえけど」

あからさまな秀の落ち込みに、少し大河が慌てる。

「なら一つか二つ、聞いてくれてもいいと思うんだけど」

「わかったわかった。そのうちやめるから」

「何度も聞いたよその台詞《せりふ》……って、こんな話してる場合じゃないんだよ」

　適当な大河の言いように珍しく腹を立ててしまいそうになりながら、秀は大事なことからお互い話を逸らしていることに、ようやく気づいた。

「真弓、なんで勇太と喧嘩になったんだ」

　煙草を取られたまま手持ち無沙汰《ぶさた》になりながらも、大河も本題に戻って秀に尋ねる。

「うん……それはだから、ちょっと込み入った話なんだけど。僕たちもね、いけなかったと思うんだ。君と僕」

「……ああ、まあ、な」

　秀の隣で片膝を立てて、思い当たることはもちろんあって大河は頭を抱えた。

「俺がだろ?　真弓の言い分聞かねえで、勝手に私立の入学金振り込んじまった」

　後悔というより反省をして、大河が煙草を求めて手を蠢《うごめ》かす。

「僕、わかってたよ」

「おまえが?」

　心底驚いて尋ね返した大河に、秀は不満を露わにした眼差しを向けた。

「悪い悪い」

「だって二人で真弓ちゃんの模試の結果見たときとか、君無言になってたじゃない。私立受けさせねえとなって言ってたのあれ、独り言だったの?　僕相談されたのかと思って、そうだねって言ったのに」

「そんな独り言言ったか？」

「隣に居る僕はなんですか？　空気？　いつでも君の話を真剣に聞いてるんですけど」

心持ち口をへの字にして秀が、大河に抗議する。

「いつでもは嘘だろ。仕事の話してるときのおまえは、八割上の空だぞ」

「八割は言い過ぎだよ。五割くらいだよ」

「全部真剣に聞けよ！」

「そんな話してる場合⁉」

「……場合じゃねえな」

思いも掛けず言い合いになって、話が完全に脱線したことに、また二人は気づいた。

「記念受験だからって真弓ちゃん説得してるときも、僕は君の味方をしたつもりだったけど」

「そうだった。悪い、サンキュ」

「だから、僕にも責任があるよ」

大河だけのせいではないと告げながら、秀が煙草を割烹着のポケットにしまう。

「勝手に私立の入学金振り込んだのは、俺だ」

「何処の親御さんでも、できるならそうするよ」

自分への言い訳も込めて、秀は言った。

「真弓の頑張りを、信用してやらなかった」

けれどなおも、大河が己を咎める。

「頑張ってたんだけどね……僕も、真弓ちゃん私立結局受けてくれたから、そっち行くことになるかなって思ってた」

そうなってもいいのかもしれないと思い込んでいた自分たちを、二人は責めた。

「正直、国立もうワンランク落とせって言いたかったんだけどな。あいつが必死に頑張ってるような気がして、言い出せなかった」

「真弓ちゃん、どうしても本命行きたかったんだね……」

必死なのは二人ともよくわかっていたけれど、どうしても真弓がそこに行きたい訳ではないとどこかで思っていたことを、溜息をついて反省する。

「そうだな……普段の真弓ならもうちょっと堅実なところ受けただろうに。今日だって落ち込んでたし、よっぽど本命行きたかったんだな。真に受けてやらねえで、かわいそうなことしたよ」

「僕も、あんなに落ちた国立行きたかったなんて思わなかった。真弓ちゃんに悪いことしちゃったよ……」

真弓が本命に何がなんでも行きたかったのだと思い込んで、大河と秀は私立を受けるように仕向けた自分たちを悔やんだ。

「でもそしたら、浪人させるよ。あいつ予備校行ってなかったし、予備校行きゃなんとかなるだろ」

「大河」

もう決め事《ごと》のように言った大河を、咎めて秀が呼ぶ。

「だからって勝手に、予備校決めて来たりしちゃ駄目だよ」

「……はい」

危うく、言われた通りのことをしそうになっていた大河が、肩を落として項垂れた。

「駄目だな、俺。真弓のことになるとつい過保護になっちまって」

「わかるよ。だってまだ高校生だし、僕も真弓ちゃんのこと子ども扱いしちゃうことある。さっきだって、ちらし寿司でお祝いしようなんて……無神経だったよ」

「おまえまで落ち込むなよ」

「だって」

大河によく叱られる口癖を、秀が呟く。

「僕たち、真弓ちゃんが笑って私立に進学してくれるって、思ってたよね。勝手に」

「ああ、実は疑ってなかった」

安易だった考えに落ち込んで、二人とも黙り込む。

「俺、保護者失格だな」

「そんなことないよ！」

ぼそりと言った大河に、突然、秀はらしくない大きな声を上げた。

「……なんだよ急にでかい声出して」

立てていた膝に頬杖《ほおづえ》をついて、驚いて大河が秀を見つめる。

「君は真弓ちゃんのこともものすごく考えてるよ。真弓ちゃんだってきっと、それはよくわかってる」

むきになって、秀は言葉を重ねた。

「おまえ言ってることとっちらかってんぞ。俺に説教しに来たんじゃねえのかよ？」

「だから、同罪だってば。僕たち」

大きく秀が、大河に首を振る。

「それに、説教なんかしに来てないよ」

思うように話が進まなかったことに気づいて、秀は萎れた。

「真弓ちゃんのこと伝えて、君がきっと落ち込んでるだろうから慰めようと……思ったんだけど」

俯いて秀が、膝を抱えようとする。

「上手くできなくて、ごめん」

謝った秀に、大河は苦笑した。

「んなことねえよ」

節くれ立った大河の指が、色の薄い秀の髪を抱く。

触れるだけのキスを、大河は秀に施した。

目を閉じてしまってから秀が、大河の肩を押し返す。

「……こんなときに」

「おまえ、この割烹着日常着にすんのやめろよ」

「何、急に」

唐突な大河の言いように、秀は尋ね返した。

「若干、萎《な》える」

「汚れなくて便利なんだよ」

いつもの言葉で言い返した秀に、大河が溜息をつく。その言い分に大河は、本当に古女房を持ったような気持ちになった。

無論、萎えるというのは軽口だったけれど。

「真弓、捜しに行ってみっかな」

大きく伸びをして大河は、外を見るようにした。

立ち上がった大河を、心配を露わに秀が見上げる。

「……ありがとな」

その心配を打ち消すように笑ってやって、子どもにするのと変わらない指で大河が秀の髪を撫でた。

上着も取らずに大河が足を外に向けようとした途端、居間の電話が鳴り響く。

二人は顔を見合わせて、電話を取るために居間に向かった。

当てもなく竜頭《りゅうず》町を、真弓《まゆみ》は一人で歩いた。

商店街を歩いていると、町の人が皆「帯刀《おびなた》さんちの信号」と呼んでいる、古く錆《さ》び付いた信号機に足を止めさせられる。この信号は自分のために付けられたものだと、姉兄たちからも教えられたし、子どもの頃は友達に揶揄《からか》われたりもした。

幼い頃、この道路に飛び出した真弓が車に轢《ひ》かれそうになったので、長女の志麻《しま》と大河《たいが》が、役所に怒鳴り込んで付けさせた信号なのだ。

揶揄われても、真弓はずっと、この信号機が自慢だった。その気持ちは今も変わりはしない。

その頃と同じに守ってもらって大事にされているのに、拗ねている自分が本当は嫌だったけれど、どうしたらいいのか自分がどうしたいのか、真弓は見えなくなっていた。

正直、何に自分がこんなにも落ち込んでいるのか、真弓自身もよくわからない。ほとんど爆発寸前の不安のようなものが胸にあるけれど、それが本命に落ちたせいなのかもまるで見えない。

その上、さっき立ち聞きした勇太《ゆうた》の言葉にただ不安になって、足が竦んだところは幼なじみの家の前だった。

「なんか知らねえけど、そんで結局俺んとこ？」

窓からぼんやりと外を見ていた魚屋の一人息子達也《たつや》に拾われて、真弓は達也の部屋で貰《もら》った缶ジュースを開けられないでいた。

上手く力が込められず、プルトップが上がらない。

「よくまだ喧嘩することあんな。ネタ尽きたりしねえの？」

見かねた達也が、真弓の手元からジュースを取って開けてくれた。

「達ちゃんも毎日喧嘩してるよね、お父さんと」

返されたジュースをちびちびと飲んで、真弓が口を尖《とが》らせる。

「それとこれとは話が別っしょ。つうか俺たまたま実家帰ってたから良かったけど、いなかったらどうするつもりだったんだよ。他に行くとこあんのか？」

同じ高校に在学中の達也はもう車の修理工場で働いていて、就職と同時にこの家を追い出され、今は社宅になっている団地にほとんど居た。今日はわざわざ、父親と喧嘩をしに帰って来たのだ。

「……ない」

割と核心的なことを聞いて来た達也に、真弓は項垂れた。友人は多いような気がしていたが、大切なことを話せる相手は少ない。

「真弓、家族の他に頼れる人、達ちゃんと龍兄《りゅう》くらいしかいない」

ジュースを窓辺に置いて、真弓は深く膝を抱え込んで俯いた。

「おまえ幼児返りしてんぞ、喋り方。……まあでも、おまえには勇太がいるじゃねえかよ。何はなくとも」

喧嘩をしているとはいえ、一日で終わる痴話喧嘩だろうと高を括《くく》って、達也は真弓を慰めたつもりだった。

勇太の名前に無意識に反応して、真弓が顔を上げる。

「勇太、岸和田帰るって」

「は？」

唐突な真弓の呟きに、達也は声を裏返らせて尋ね返した。

「お母さん帰って来たら、帰るかもしんないって。サラッと普通に、秀《しゅう》に言ってた」

「なんでまた」

今までの成り行きを知っている達也には、真弓の言葉は俄《にわか》には信じられない。

「わかんない。真弓が本命受験失敗したからじゃない？　って言ったら、怒鳴られた」

意味不明の真弓の言葉を、それでも達也は最後まで聞いてやった。

「……おまえさ、ちゃんと真実を俺に語れてる？　いくらなんでも話がちょっとむちゃくちゃだぞ」

顳顬《こめかみ》を押さえて達也が、半ば呆れて尋ねる。

「そんなことない。真弓真実しか語らない」

膝に顔を埋めている真弓は、まるで話にならなかった。

「だいたい、本命失敗したって何よ。すげえとこに受かったって聞いたぞ？　俺、学校のやつに」

就職コースなので真弓の受験事情には疎い達也が、それでもぼんやり聞いたことを語る。そもそも真弓は子どもの頃から勉強ができたので、達也は本当のところ真弓が受験に失敗したということがピンと来ていなかった。

「本命の国立、落ちた。今日合格発表、一人で見て来たんだ」

家族の前で見せたような虚勢を、真弓は達也に張ることができない。

「……そうか。よっぽど難しいとこ受けたんだな。まあ、頑張って駄目だったんだからしょうがねえだろ」

落ちたと口に出されると達也も少なからずショックで、通り一遍の言葉だけれど心から真弓を慰めた。

「でも私立、受かってんだろ？　受けといて良かったな」

な？　と、達也が、もう一度繰り返す。

幼い頃から大事なときに注がれる達也のやさしさに、真弓の心が大きく揺らいだ。

「うん……滑り止めの私立、大河兄が入学金もう振り込んでくれてた。達ちゃん」

癖がついてしまった髪のまま、真弓が少しだけ顔を上げる。

「真弓、大学行きたくない」

家では誰にも言わなかったことを、ようやく真弓は声にした。

口に出してみると、それは本当は誰にも言えないことだったけれど、真弓にとって思い掛けないほど意外なことではない。

そのことに、真弓は不意に、大きな絶望感を覚えた。

「なんで。落ちた方に、どうしても行きたかったのか？」

昔から家族にできないような弱音も聞くのが幼なじみとしてのお互いの仕事で、久しぶりに真弓が自分に頼ってきたことに、達也も複雑な気持ちになる。勇太という恋人がいる真弓が、それでも自分に弱音を聞かせるのは、相当参っているときだ。

尋ねた達也に、ゆっくりと真弓は考え込んだ。そしてそのまま、また膝に顔を伏せてしまう。

「ううん。落ちた方も、どうしても行きたかった訳じゃない」

酷く痩《や》せた声で言って、額を膝に付けたまま真弓は首を振った。

それは、達也にも聞かせたい言葉ではなかった。沢山の人を裏切る言葉だし、自分を酷く追い詰める言葉でもあるような気がして、真弓は耳を塞ぎたかった。

「もう、最低」

自分を詰《なじ》って、真弓が膝を深く抱えて小さくなって、身動きもしなくなる。

「……真弓」

何か言葉を掛けてやりたかったが、真弓が何をそんなにも憂えているのか達也にも察することは難しくて、名前を呼ぶのに留まった。

達也がわからないのは、無理もないことだった。

動けないでいる真弓も、はっきりと自分を追い詰めているものをまだ理解していない。

「真弓ちゃん、あのね」

沈黙を助けるように、不意に、階段の下から達也の母親の声が大きく響いた。

駆けるように階段を上がって、結局、母親は部屋の前まで来た。

「……どうしたの？　おばちゃん」

子どもの頃から、亡き父母のように接してくれた魚屋の女将に、慌てて顔を上げて真弓が無理に微笑む。

「今日、真弓ちゃん夕飯うちで食べて泊まるよって、さっき電話しちゃったんだよ。大河に」

何かいつもと様子が違うと心配したのか、すまなさそうに達也の母親は言った。

「なんだよ小学生じゃねえんだからよ」

母親に文句を言いながら達也も、自分の手には負えない気持ちでいたので、少し安堵する。

「ごめんごめん。そしたら大河が、来ちゃってさ」

「……大河兄が？」

兄の名前を言われて、真弓は小さく息を飲んだ。

「うち泊まってもいいけど、ちょっと真弓ちゃんの顔見て行きたいって言うから。降りて来てやっとくれよ」

「うん」

昔ならその過保護を揶揄ったかもしれない達也も、頷く真弓を何も言わずに見守る。

重い体を無理に動かすようにして、真弓は蹲《うずくま》っていた場所から立ち上がった。勝手知ったる階段を下りると、魚屋の前に落ち着かない様子で大河が立っている。

「……ごめんなさい、急に泊まりたいなんて言って」

少し落ちた兄の肩を見たら他に言葉は出て来なくて、顔を合わせるなり真弓は謝った。

「いや、別にいいんだそれは。ただ」

先に謝られて大河が、言葉に迷う。

「俺が入学金、振り込んじまったことおまえ、怒ってんじゃねえかと思って。本命、本当に行きたかったんだな。悪かったよ」

すまない気持ちでそれを、大河は真弓に伝えた。

「浪人するんなら、今から予備校探して……」

「そんなんじゃないよ！」

不意に、むきになって真弓が、大きな声を上げて大河の言葉を遮《さえぎ》る。

「予備校なんか行かないよ。俺、俺……」

しかし真弓は自分が言いたいことの行き先を見失って、続きが尻《しり》すぼみになった。

「本命の方に、どうしても行きたかったんじゃねえのか？　正直に言ってみろ。兄ちゃんどうにかしてやっから」

少し困って、大河が真弓に尋ねる。

「おまえのしたいように、していいんだぞ。真弓」

甘やかしているつもりはなく、どんな選択肢もあるのだという意味で大河は真弓に告げた。

いつかも、兄の口から聞いた言葉だ。そのとき真弓は酷くあたたかな気持ちでそれを聞いた。

なのに今は何故だか辛く、大河の言葉は真弓の胸に刺さった。したいようにと言われて、なら、という言葉が何も出て来ない。

俯いて真弓は、ただ、足元を見た。さっき達也に言ったことは、大河には言えない。

「……大河兄、俺」

それでも覚えず、心細い声が兄を呼んだ。

「どしたのどしたのー。人んちの前で兄弟喧嘩はやめてよー」

さっき荒らげた真弓の声を聞いた達也が、わざと戯けた口調で言いながら、往来に出て来る。

何を言い掛けたのかわからないままハッとして、真弓は兄に縋《すが》り掛けた唇を噤んだ。

「ごめん、達ちゃん。おばちゃんに謝っておいて。やっぱり俺、今日は帰る」

久しぶりに、随分と達也に甘えてしまったことにも気づいて、真弓が達也に今できる精一杯の、歪《いびつ》な笑顔を向ける。

「ああ、そうしな」

心配する兄たちや恋人の元へ戻った方がいいと達也も思って、笑い返しながら、その歪《ゆが》んだ真弓の笑顔が気に掛かった。

長く真弓と付き合っている達也にも、それは見慣れない歪みだ。

「まあでも、いつでも来いや。俺がこっち居ないときは、団地の方に来いよ」

行こうとした真弓に、いつもと変わらない口調で、達也は声を掛けた。

「ありがと、達ちゃん」

気遣いが有り難くて、真弓がやっと、少し心から笑う。

「あんまり甘やかしてくれんなよ。悪かったな、達也。おばちゃんにもよく礼言っといてくれ」

苦笑して、大河は「いい」、と手を振る達也に言葉を重ねた。

無言で、大河と真弓は帰路を歩いた。

さっきの話の続きは、真弓はしたくなかった。揺れている心がこのまま何処に行くのか、それが怖くて。

「勇太と喧嘩したんだよ。だから、達ちゃんのところに来たの」

大学のことが問題なのではないと、真弓は早口に、家を飛び出した訳を語った。

「喧嘩したのは秀からも聞いたけど、まだ喧嘩することあんのかなんか」

わざと呆れた声で、大河が尋ねる。

「達ちゃんにも言われた、それ」

目を伏せて、真弓は笑った。

「なんで喧嘩したんだ」

「……その話、したくない」

勇太が秀に告げていたことは思い出したくなくて、真弓が話を終わらせてしまう。

沈黙に、避けて通れない進学のことを、真弓は思った。一つ、間違いようのない気持ちが胸にある。

「ねえ、大河兄」

それを伝えようと、立ち止まって真弓は、大河に呼び掛けた。

大河も足を止めて、真弓の視線を受け止める。

「大学のこと、俺、感謝してる。本当に。いつか返したい」

改まって、それは決して嘘ではない声で、真弓は心からの気持ちを大河に告げた。

「バカ、そんなこと考えなくていいんだ」

返したいと言う真弓を咎めて、大河が眉を寄せる。

「本当に、ありがとうって、思ってるんだよ。なのに上手く伝えられなくて、ごめんなさい」

歩き出して真弓が、もう一度「ありがとう」と、小さく呟いた。

嘘ではない言葉なので、まっすぐに、それは大河に届く。

真弓の少し後ろを、大河は歩いた。

「……明信《あきのぶ》が、おまえがでかくなったたって言ってて、俺は気づかなかったんだけど」

自分が思っているより高いところにある頭を、くしゃりと大河が撫でる。

「本当だな。でかくなったよ」

いつもと変わらずにやさしい声で言った大河に、俯いて真弓は、曖昧《あいまい》に笑った。

二人で帰宅しようとした途中、大河《たいが》が会社から持たされている携帯に呼び出しの電話が掛かった。酷く大河は真弓《まゆみ》を気に掛けたが、「大丈夫だから」と、真弓は駅まで行って大河を見送った。

改札に急ぐ大河が、何度も真弓を振り返った。

そんなにも兄にとって気掛かりな自分が辛くて、まっすぐ家に帰る気持ちになれず、真弓がぼんやりと百花園《ひゃっかえん》の前まで歩く。丁度、春先の花が咲き始めている。

けれどもう辺りは薄暗く、五時に閉園する百花園は施錠されていた。人の気配もなく、手近なベンチに座って、真弓が外から高い木に咲く花を眺める。

「白木蓮《はくもくれん》、もう咲いてるんだ」

子どもの頃からよく大河に連れられてここに来たので、だいたいの花の名前は覚えた。わからなければ、いつでも大河が教えてくれた。

そんな風になんでも、どんなことでも大河が教えてくれると思うことはもうやめた筈だったのに、さっき真弓は大河に尋ねてしまいそうになった。

今、真弓の胸を酷く塞いでいる、靄《もや》のようなものが、何なのかを。

「桜にはまだ早いけど、後ちょっとで卒業かあ……」

考えた途端、靄にまた胸を覆われて、気持ちを無理に真弓は逸らした。

数日後に控えている卒業式のことを、ぼんやりと思う。

兄のお陰で、卒業を前に進路が決まった。四年間は、大学に通うことになる。新しい道が目の前に開けているというのに、真弓の気持ちは奈落に落ちたまま決して浮上しようとしない。

それに、卒業すれば勇太《ゆうた》や達也《たつや》ともバラバラになる。家に帰れば会える筈だと思っていた勇太は、今までのことを考えたら決して有り得ないことを、言い出した。

「よく、わかんないや」

それがショックで、真弓は家を飛び出したと、大河に告げた。

けれどふと、こうして一人になって、少しだけ冷静さのようなものを取り戻すと、勇太のことは思ったより大きなショックではなかった気もする。

「……なんでだろ。そんな訳ないのに」

何度も傷つけ合って、それでもそばにいると繰り返し約束をしようとしてくれた勇太が、もしかしたら故郷に帰るかもしれないと、言ったのに。

大きく息をついて、真弓はもうすっかり暗くなった空を見上げた。この町でも、星が見える夜がない訳ではない。

夜空を眺めていたら、自分を見た勇太の眼差しが、思い出せそうな気がした。

「寒い」

もう一度ちゃんと顔を見れば、勇太とは、話し合える。確かに二人で積み重ねてきたものから、真弓はそう思った。

ならいつまでも凍えて、真弓がここに一人でいる意味はない。

家を飛び出した理由が、大河に教えた通りなら。

「どんな、大学なんだろ」

いつでもなんでも前向きに捉《とら》えるのが、自分の長所だという自覚ぐらいはあって、なんとか前を真弓は向こうとした。

実際、今、精一杯真弓は顔を上げている。

「……大河兄、なんて言ってたっけ」

午後の、大河との会話を、真弓は手繰り寄せた。

「おまえのやりたいこと、なんでもできるよ」

ふっと、胸を惨い怖さに、触られる。

さっき大河に言われた言葉も、揺り返しのように耳に返った。

「おまえのしたいように、していいんだぞ……真弓、か」

注がれた言葉を、真弓が呟く。

「やりたいこと……したいこと？」

一度も大河に答えなかった理由を、はっきりと真弓は思い知った。

答えられなくて癇癪《かんしゃく》を起こした本当の訳から、目を背けていたことに気づかされる。

両手で顔を、真弓は覆った。頭を落として、震えそうになるのを堪える。

「帰らなきゃ」

身動きができない自分を叱咤《しった》するために、真弓は声を立てた。

「みんな心配してる。帰らなきゃ」

急《せ》き立てても体は、ようとして動いてはくれない。

帰らなきゃと、もう一度、真弓は呟いた。過ぎるほどの時間が、そこから立ち上がるのに掛かってしまう。

それでも真弓は、家路を歩き出した。


「真弓《まゆみ》ちゃん!!」

家の門を潜《くぐ》ると、丁度、秀《しゅう》が玄関を飛び出したところだった。

「達也《たつや》くんのところに泊まるって聞いてたのに、今、大河《たいが》から電話があってとっくに別れたって言うから……っ」

「そんなに慌てないでよ、遅くなってごめん」

謝って真弓がよく見ると、相変わらずの割烹着《かっぽうぎ》姿の秀は、左右ちぐはぐなサンダルを履いていた。

「どうしたの？　達也くんのとこ戻ったの？」

「ううん」

やんわりと尋ねる秀とともに、真弓が家の中に入る。

玄関口には、やはり探しに出ようと思ったのか、明信《あきのぶ》と丈《じょう》が立っていた。

「まゆたん……」

「夕飯食べないなら、連絡しなさい。真弓」

丈はただただ心配の声を上げ、明信は心配を隠して真弓を叱《しか》る。

「うん……みんなごめんね」

素直に、真弓は謝った。

「……勇太《ゆうた》は？」

勇太の顔が見当たらないことに気づいて、真弓が秀に問う。

「大河から電話あったの、今さっきだから。勇太はもう夕飯終わって、二階だよ」

言い訳のようにではなく、秀は答えた。

「そう」

「真弓ちゃん、夕飯は？」

「食べてない」

秀に尋ねられて、咄嗟《とっさ》に嘘《うそ》はつけずに、真弓が首を振る。

「じゃあ、すぐに支度するから待ってて」

バタバタと秀は、台所に駆けて行った。

遠慮がちに丈が、真弓の背を叩《たた》く。

「元気出せよ、私立だってすげえとこなんだから。兄弟上も下も賢くて、オレなんかずっと大変だったんだぞ」

戯《おど》けて、丈は真弓を励ました。

「……うん、ありがと。丈兄」

目を伏せて笑えないまま頷《うなず》いた真弓から、明信が目を逸《そ》らす。

温められた一人分の食事が用意されていく飯台の、いつもの場所に真弓は座った。

丈が見ていたテレビが点《つ》けっぱなしで、そこに戻ろうとしながらも丈は真弓を気にしている。

縁側のそばには、明信の読み掛けの本に栞《しおり》が挟《はさ》んで置かれていた。本の前に明信も腰を降ろすけれど、ページは捲《めく》らない。

「ごはん、つけてきたよ」

支度を整えて最後に、秀は真弓の前に、ご飯茶碗を置いた。

「いただきます」

きちんと箸置《はしお》きに寝かせられた箸を、真弓が手に取る。

みんなが自分を気にしているのがわかって、何か言わなければと、当てもなく真弓は口を開いた。

「百花園《ひゃっかえん》、行ったんだ」

嘘はそんなに不得意ではないけれど作り話は思い浮かばなくて、本当のことを真弓が呟《つぶや》く。

「白木蓮が、きれいだったよ」

「ハクモクレン？」

花の名前など覚えない丈が、問い返す。

「白い、花の咲く木だよ丈。白木蓮が咲いたなら、雪柳も咲いてた？」

本を手に取らないまま、明信が花の名前を口にした。

「百花園閉まってたから、雪柳は見えなかった。木蓮は外から見たんだ」

「夜は、発光するみたいにきれいだよね」

花の話に、明信が付き合う。

そのまま、笑っていたかったけれどできずに、真弓は箸を置いてしまった。

「……真弓ちゃん？」

真弓が最初の一口を食べるのをじっと待っていた秀が、名前を呼び掛ける。

「……ごめん、秀。せっかく用意してくれたのに」

言葉を継ぐので、真弓の喉《のど》は精一杯だった。

「ご飯……食べられないのか？　まゆたん」

どんなときでも、食欲がなくなるということがほとんどない真弓が箸を置いたのに、丈が顔色を変える。

「ごめん、今は無理みたい」

「いいよ、一食くらい無理して食べなくても」

似合わない明るさで、秀は笑った。

「今日は、本当にごめんね。合格祝いしたいなんて言って」

真弓が食べないことには、本当は秀も内心慌てていて、片づけようとしながら早口になる。

「それで出てったんじゃないよ……勇太と喧嘩《けんか》したからだよ。わかってるでしょ？　秀」

何も秀に謝らせるようなことはないと、真弓は首を振った。

「うん、だけど……真弓ちゃんの、どうしても本命行きたかったたって気持ち、もっとちゃんと考えてあげられなくて。ごめん」

責任の一端を感じている秀が、なおも謝る。

「そんな、どうしてもなんて」

無理に、真弓は笑おうとした。

けれどそれはできずに、喉の奥が引《ひ》き攣《つ》れる。

「真弓の、気持ちなんてどうでも……っ」

不意に、真弓の声が尖《とが》った。掠《かす》れた自分の声を聞きながら真弓が、己を訝《いぶか》しむ。

胸に秘めて置けないのか、自分で納めてしまうことはできないのかと、真弓はなんとか感情を押し留めようとした。

「真弓ちゃん？　僕、何か悪いこと言った……？」

きっかけを作った秀が、不安そうに自分を見ていることにも真弓は気づけない。

「誰も悪くなんかない。自分が……俺が、本当に最悪なの！」

声にしたら堰《せき》を切ったように、言葉は流れて留まってはくれなかった。

「大学のこと、大河兄があんなに考えてくれてるのに」

それでも、さっき知った怖さと情けなさを家族に話してしまうのかと、真弓が必死で己を咎《とが》める。

「どっちでもいいって言うか……どうでもいいんだよ俺っ」

けれど、一人ではとても抱え切れなくて、誰かが助けてくれはしまいかと、真弓は手を伸ばすような気持ちで叫んだ。

「どうでもいいって……」

真弓が何を言い出したのか理解できずに、丈が聞いたままを繰り返す。

「俺、なんでこんな人間なんだろ」

助けを求めようとしながら、真弓の呟きは結局、独り言になった。

「そんなこと言わないで。真弓ちゃん」

秀も、真弓が何に絶望しているのかを察することはできない。ただきつく、真弓の言い様を咎めた。

「でも、俺」

続けようとした、もう問い掛けとも何ともつかないものが、真弓の喉で凝《こご》る。

「もしかしたら、一生、やりたいこととか何も見つからないかもしれない」

吐き出すように、真弓は言った。

だとしたらどうしたらいいのかと尋ねて、居間にいる三人の顔を、見回す。縋《すが》るように、真弓は何か答えを求めた。

以前にもそれは、一度わめいたことだった。けれどあのとき真弓は、まだわかっていなかった。

何も持たないということが、どういうことなのかを。

「そんなの、焦らなくたってまだ高校生だろ？　一生なんて気がはええよ」

もっともな言い分で笑って、丈が励ます。

「だけどっ、丈兄はもう高校生のうちからプロボクサーになるって、夢があったじゃない！　俺……っ」

それを受け取ることができずに、真弓は声を荒らげた。

「俺、夢とか希望とかなんにもないよ！」

声にしたらそれは、途方もない絶望のように、真弓の胸を掻《か》く。

「……うん」

黙って聞いていた明信が、不意に、静かに頷いた。

「そういうことも、あるかもしれないね」

真弓の言い分を否定してはやらず、明信が淡々と呟く。

「そしたら別にしたいわけでもない仕事、一生するの？　俺？」

声をくれた明信がどうにかして助けてくれるのかと思って、真弓は縋るように言った。

「そうかもしれないけど」

悲嘆に暮れる真弓に、明信の声はあまり揺れない。

「それでも、僕はいいと思うけど」

「なんで⁉」

責めて、真弓は明信に問い返した。

秀はただ呆然《ぼうぜん》と、兄弟のやり取りを聞いている。

「みんなそうだけど、みんな生きてるから」

「みんなじゃないよ！」

穏やかに告げた明信に、真弓は叫ぶように言った。

「真弓の周りの人は、みんななんかちゃんとやりたいことやってるよ！　明ちゃんだって！」

いつの間にか立ち上がって、真弓が喉を引き攣らせる。

「うん」

その憤りと変わらない真弓の気持ちを、明信は逃げずに受け止めた。

「でも、ごめん。真弓がいつか必ず何かに出会えるとは、僕は言ってあげられない」

まっすぐに、明信が残酷に聞こえることを、真弓に伝える。

「それでも、はつらつと生きてほしい」

望みを、明信は口にした。

「無理だよそんなの！　何もないのにそんな風に生きてくなんて、絶対無理だよっ」

瞳の端に涙を滲《にじ》ませて、真弓が明信を強く咎める。

目を逸らさず自分を見ている兄の目を逆に受け止められなくなって、真弓は居間を出て二階に駆け上がった。

二階の和室の襖《ふすま》を開けて真弓《まゆみ》は、部屋の中に駆け入った。

ベッドの下段で何か雑誌を捲っている勇太《ゆうた》が、わざと壁の方を向いているのがわかる。

「なんや、でかい声出して」

不機嫌そうな声を、勇太は聞かせた。

真弓は血の気が引いていた。足場が危うくなっている自分を誰かに助けて欲しいと思ったけれど、願うような答えは兄たちからは得られなかった。

ならば恋人に縋りたいという甘えに、今は惑うこともできない。

そんな真弓の気持ちが伝わったのか、勇太は雑誌を閉じて真弓を振り返った。

「いや……今大学のことでおまえ、参っとるって秀《しゅう》が心配しとった。悪かったわ。そんな時に不安にさせるようなこと聞かして」

昼間のことを、謝ろうとして勇太が口を開く。

「大学のことなんか……っ」

半ば悲鳴のような声が出て、真弓は口元を押さえた。切りがなく叫べば、叫ぶほどただ自分を追い込む気がした。

「不安に、なったよ。もちろん。だって勇太、お母さん帰って来たら岸和田《きしだ》帰るかもしれないなんて」

混乱しながら、真弓が精一杯の冷静さを探して言葉を継ぐ。

だが、さっき百花園の外で勇太とは話し合える筈《はず》だと思ったことなど、吹き飛んでいた。

「そないなことゆうてへん」

「言ってたじゃない」

「そういう気持ちもあるって話を、しとっただけや」

子どものように言い返した真弓に、感情を荒立てずに勇太が言い聞かせる。

「だけど……お母さんがもし、帰って来て」

胸を襲う一つばかりではない不安に、真弓は畳に膝《ひざ》をついて項垂《うなだ》れた。

勇太は、真弓にとって誰よりも大切な恋人だ。失うことを思うのは怖いし、何より今、縋り付きたかった。

「親方のところの仕事は？」

そんな真弓の心情をわかっていない勇太に、核心とは遠いところから、真弓が尋ねる。

「……俺は？」

即答できずにいる勇太に、真弓は恐る恐る問いを重ねた。

「そらそんとき考えるわ。別に帰って来るって決まったワケでもないもん、今からあれこれ考えたかてしゃあない」

嘘やごまかしのつもりではなく、本心を勇太が聞かせる。ベッドから降りて、勇太は真弓と向き合った。

「ほんまに悪かったわ。俺、こないな話してても、おまえと別れることなんか考えもせんかったんや」

真剣に勇太が、真弓に思ったままを聞かせる。

「言わんでもわかっとると思っとった。なんで今更、俺ら別れられるん」

真弓の肩に、勇太が触れた。

その言葉が真弓に届くのに、長い時間が掛かる。

注がれたものを、真弓は受け取ろうとした。多分、昨日までの真弓なら、勇太が何を言っているのか理解できた。多少の動揺は、したとしても。

「なあ、おまえはそうは思えへんの?」

「どうしたら、そう思えるの?」

ぼんやりと何処《どこ》を見ているかわからない瞳のまま、虚《うつ》ろに真弓が聞いた。

「どう……って」

「どうしたら、勇太が俺を離れないなんて信じられるの? だって俺は……っ」

「おまえは、なんや?」

真弓の感情に巻き込まれず、勇太が問う。

「俺……?」

話の行く先を、完全に真弓は見失った。いや、見失ったのは話の行く先だけではない。

「勇太……俺のこと、好き?」

「ああ」

不意に、尋ねた真弓に、惑わずに勇太は頷いた。

「好きや」

言わないと今の真弓にはわからないのだと気づいて、皆まで勇太が言葉にする。

「勇太はなんで」

けれど教えられた思いを、真弓は受け取れなかった。

「俺のこと好きなんだっけ？」

「は？」

今更、そんな問いを投げ掛けられるとは思いもしないで、勇太が眉《まゆ》を寄せる。

「秀は、ＳＦ作家」

独り言のように、真弓は語り出した。

「大河《たいが》兄は、本が大好きな編集者。明《あき》ちゃんはなんか一生懸命研究してて、丈《じょう》兄はプロボクサー。勇太は自分のやりたいこと、ちゃんと見つけて頑張ってる」

自分の目に入る場所にいる人々のことを、真弓が並べる。

真弓の言いたいことがわからなくて、勇太は黙って聞いていた。

「俺は……何かしたいことがある訳でも、なんにもないのに」

それを言葉にする真弓の声が、喉が詰まったように凝る。

「行ける大学の行ける学部に、大河兄に大金払わせて入って。卒業したらつける仕事につくんだろうななんて、ぼんやり考えてる」

呟きながら真弓も、自分が何を言っているのかわからないので、真弓が思うことなど勇太に届きはしなかった。

「なんにもないのに、そんなこと考えてる」

ただ恋人に、真弓は助けて欲しかった。

「俺、どうしようもない人間じゃない？　ものすごく」

そんなどうしようもない自分を、救って欲しくて、きっと勇太は助けてくれるだろうと、真弓は信じる他なかった。

肩に掛かっていた勇太の手が、真弓を離れた。

「もう俺、二度とおまえのこと叩かんって、死んでもそないな真似《まね》せんって誓っとるから堪《こら》えとるけど」

大きな溜息《ためいき》が勇太の口元から、零《こぼ》れる。

「我慢も限界やで」

限界だと言いながら右手を握りしめて、勇太はまっすぐ真弓を見返した。

「確かにおまえ、ものっそい、しょうもないやつや」

望んだものとはまるで違う声が耳に触れて行くのを、呆然と真弓が見送る。

言い捨てたまま、勇太は真弓から離れた。そのまま二度と真弓を見ないでベッドに入って、横になってしまう。

もう縋る言葉は見つからなくて、真弓は空洞のような思いを抱えて、勇太の背中を見つめた。

玄関に鍵《かぎ》を掛けてくれるように秀《しゅう》に頼んで、深夜の往来に明信《あきのぶ》は出た。

外から見上げると、随分小さくなったように感じられる我が家の二階の、灯《あか》りが消えている。けれど真弓《まゆみ》が、眠れたのかどうかはわからない。

溜息をついて、明信は家を離れた。

まだ夜は肌寒い道を、足早に歩く。真弓の言った通り庭先に白木蓮の咲いている家もあったが、明信の目に留まることはなかった。

商店街に入って、バイトをしている木村《きむら》生花店の前で、明信が立ち止まる。暗い二階を見上げて、明信は溜息をついて踵《きびす》を返した。

「おいおい、鍵渡してあんだろ」

「龍《りゅう》ちゃん！」

振り返ったところに上背のある龍が立っていて、驚いて明信が声を上げる。

「おまえ使やしねえけど、合い鍵。せめて呼び鈴くらい鳴らせよ」

明信の背を押して、龍は裏の母屋の入り口に促した。

「もう、寝てるかと思って」

「寝てると思ったら起こせよ。ちょっと酒買いに行ってただけだ」

「ごめん、こんな遅くに」

「遅くに来るのは、なんか理由があんだろ?」

玄関の鍵を開けて龍が、明信を先に入らせる。

「簡単にあきらめて、帰ろうとしてんじゃねえっつの」

「……ごめん」

そんなことで謝る明信に、龍は苦笑して階段の電気を点けた。

「お邪魔します」

いつまで経っても律儀さが抜けない明信が、それでも二階に上がって部屋の灯りを点ける。

「龍ちゃん、晩ご飯は?」

「適当に食った」

「本当?」

まともに何か食べた形跡がないのを訝しんで明信が尋ね返すのに、缶ビールを一本持たせて無理矢理龍が座らせた。

「お酒は、いいや」

一度、まさに龍の前で酷《ひど》く酔っぱらって以来明信は、酒にはほとんど手をつけない。

「酒でも飲まねえと、喋《しゃべ》れねえんじゃねえのか？」

胡座《あぐら》をかいて龍は、自分の手元の缶ビールを開けた。けれど一口飲みながら明らかに肩の落ちている明信を眺めて、缶を畳に置く。

「そんなこと……」

「なんか、あったんだろ？」

急《せ》かさずに龍は、明信に尋ねた。

缶ビールを両手で持ったまま明信が、膝を抱える姿勢で黙り込む。何もないと首を振りかけて、観念して明信は缶を手放した。

「あった。大事なこと」

小さく明信が、声を落とす。

「話せよ」

言葉とは裏腹に、強要とは違うやさしさで、龍は明信に触れた。

長く、明信は考え込んだ。

間違っていない言葉を自分が選べるか、不安だった。

「まゆたんがね、悩んでる」

幼い頃から弟を呼んでいた呼び方を、つい口にしてしまいながら、明信が真弓の話をする。

「真弓が？　何に？」

少し驚いて龍は、問い返した。龍のよく知る真弓は、普段は概《おおむ》ね朗らかだ。

「……自分に、かな」

上手《うま》く説明できると思って、明信も龍を訪ねた訳ではなかった。

「まゆたんが進路のことで悩み出したときに、もしかしたらこんなときが来るんじゃないかって、僕、思って」

「自分ねえ。あいつがんな繊細なことで悩むなんて、なんかピンと来ねえな」

案の定、明信が今日会った真弓は、龍には伝わらない。

「本当は僕も、まゆたんなら明るく受け流しちゃうかなって。それを期待してたんだけど」

愚かな希望を、明信は悔いた。

「普通に、悩んでる」

抱えた膝の上で明信が、頬杖《ほおづえ》をつく。

「悪いことじゃねえんじゃねえのか？　普通なんだったら」

独り言のような明信の呟きに、龍はやんわりと口を挟んだ。

「そうかもしれないけど……僕、真弓がこんな風に悩むことがあったら、ちゃんと言ってあげようと思って、言葉を用意してたつもりだったのに」

　小さかった弟は当たり前の葛藤《かっとう》に悩んでいて、逆に、明信の手に負えないくらい存在が大きく感じられる。

「どんな言葉だ」

「上手く、言えなかったし。上手く伝わらなかった」

　さっき真弓に伝えたことを龍に言う気持ちにはなれなくて、明信は頬杖を深めた。

「ああ、実は俺も半分も事態を理解してねえ」

　あっけらかんと正直に言って、龍が肩を竦《すく》める。

　やっと、ほんの少し明信が笑った。笑って、強《こわ》ばっていた体の力がほぐれて、息を吐き出す。

「真弓が自分で、わからないと駄目なことなんだ。多分」

「だったら、待つしかねえんじゃねえの」

「でも、できればそれを……手伝いたいけど、僕には無理なのかもしれない」

「焦るなよ、大丈夫だ。あいつはどっかで迷ったって、道を逸れるようなやつじゃねえから」

　当たり前の、明信の欲しい言葉を、龍はくれた。

「……そう、言ってもらいたくて、来たんだ」

　そんな自分を叱咤《しった》しながらも、明信が打ち明ける。

「おまえには俺がいて、何より」

戯けて、話の深追いはせず、龍は笑った。

「真弓には、勇太がいるさ」

「……うん、そうだね」

不甲斐《ふがい》ない思いが消えた訳ではないのに、少しの寂しさが襲って、兄としての己のわがままさに明信が俯《うつむ》く。

「でももし、真弓が龍ちゃんのところに相談に来たら、何か答えてあげて」

「俺のとこに？」

思い掛けないことを言われて、龍は片眉を上げた。

「時々寄ってるでしょ？　真弓」

「勇太がバイトしてたときの話だろ？」

「でも真弓が相談する人って言ったら、龍ちゃんとか、達《たっ》坊とか」

呟きながら明信は、真弓が見える範囲の外側に、きちんと世界を持っていることが想像できない。

もしかしたら真弓は本当に、その世界の中で生きているのかもしれないと、ふと明信は思った。家族や恋人のためにそこにいて、随分大人になったようでまだ、幼いままの部分が殻を破れずにいるのかもしれない。

だとしたら真弓はその殻をどうするのだろうと、明信は惑った。

「相談されたら、なんて答えたらいいんだ？」

黙り込んだ明信に、その心配を案じて、龍が問う。

「それは、龍ちゃんが思ったまま、答えてよ」

「それでいいのか？　だいたい何を相談されるんだよ」

「龍ちゃんは……」

どうして花屋になって、今こうしているのか、真弓が龍に訊《き》くならそのことだろう。

そう思うと、明信は真弓に尋ねさせたくなかったし、龍にも答えさせたくなかった。

毎日を、きっと、龍は必死だ。

そんな龍を思って、憂いにまた胸を、明信が触られる。

手を伸ばして、目を伏せたままの明信の髪を、龍は撫《な》でた。

「さっきの、聞こえてなかったのか？」

「何が？」

すっかりそうすることに慣れた指が、明信の眼鏡《めがね》をそっと外して、遠くへ置く。

「真弓には勇太が、おまえには俺がいるってことだよ。あんま、心配すんな」

わざと少しだけ拗《す》ねた口をきいて、明信の髪を抱いて龍は唇を合わせた。

何を思って明信が気持ちを落としたのか、龍は知る由もない。ただ、どうしてやることもできないことはあっても、慰めぐらいは渡せると、口づける。

「……っ……」

不意打ちの口づけは深まっていって、ゆっくりと明信の背を、龍は畳に寝かせた。

「ん……っ」

抱き込まれそうになって明信が、龍の胸を強く掌《てのひら》で押し返す。

「んだよ」

つまらなそうに口を尖らせて、龍は明信の髪を梳《す》いた。

「あのね、龍ちゃん。勇太くんがいてくれるとはいえ、弟の人生の一大事にこんな……聞いてる?」

刃向かう明信のうなじに、龍が唇を埋める。

「ちょっと龍ちゃん……っ」

「考えたってしょうがねえこたあ、忘れちまえ」

「怒るよっ」

声を上げて龍と揉《も》み合いながら明信は、龍に言われた通り今、杞憂《きゆう》を忘れていることに気づかなかった。

卒業式まで、もう学校に行く必要もない。

眠れずに過ごした真弓《まゆみ》を置いて勇太《ゆうた》は仕事に出てしまい、真弓はぼんやりと朝から外を歩いた。家にいると秀《しゅう》が、自分を腫《は》れ物のように扱うのが辛《つら》い。

行くところも、訪ねるところもないような気がしてまたそのことに気鬱《きうつ》を深め、真弓は川風の寒い白髭橋を渡って隣町へ足を向けた。

唯一自分が訪ねられる場所を訪ねて、そこでぼんやりと時を過ごし、もう夕方だ。

「なんか知らねえけど、そんで結局俺んとこ？」

自動車の修理工場でもう勤め始めている達也《たつや》の隣にしゃがんで、両膝に頬杖をついている真弓に、作業の手を止めて達也は溜息をついた。

「他に行くとこないもん」

真弓が達也の仕事場を訪ねてからずっと、ここから話が進まない。

「そろそろ龍《りゅう》兄んとこんでも行ったらどうよ」

何人もの人間を使う少し大きな修理工場とはいえ小声になって、達也は片眉を上げた。

「今日は明《あき》ちゃんがバイトに行ってる。邪魔したくないし」

言いかけた言葉を、真弓が飲み込もうとする。

「今、明ちゃんに会いたくない」

けれどできずに、真弓は呟いてしまった。

「……なんで。珍しいじゃねえの、明兄ちゃんと喧嘩なんてよ」

思いがけない真弓の言葉に、達也が眼を丸くする。

「喧嘩なんかしてない。それに、真弓今まで気づかなかったけど、明ちゃんと喧嘩しても絶対勝てない」

「んなこたねえだろ」

帯刀《おびなた》家の兄弟の中で見るからに一番弱そうな次男を、達也は思い浮かべた。

「だって明ちゃん、そもそも闘わないし」

「まあ、そりゃそうかもな」

「正しいことしか言わない」

「ああ、なるほど」

それきり黙り込んだ真弓に、達也が動かそうとしたスパナを回す。

「なんか正しいこと言われたワケ？」

「びっくりした」

「何が」

「もっとやさしい言葉、期待してた。俺。明ちゃんに」

「甘えてんじゃねえっつの」

明け透けに末弟のわがままを晒《さら》した真弓に、さすがに呆《あき》れて達也は小言を言った。

「じゃあ勇太んとこ行けば。まだ喧嘩してんのか？」

それが一番真っ当だろうと、達也が真弓に提案する。

「まだしてるよ」

「仲直りしろよ。どうせ勘違いとか行き違いなんだろ？」

言われて、真弓は考え込んだ。

昨日、引き出したのは自分だけれど、信じられない冷たい言葉を勇太に投げられた。呆然として、真弓は朝まで、ほとんど眠れなかった。

真弓は今、勇太が何を考えているのかなど、少しも察することができない。

不意に、一人きりになってしまったような気持ちだった。

「勇太、親方のとこ朝早く行っちゃったし。勇太の仕事場なんか絶対入れないよ」

それでもそんなことは、散々二人を心配してくれた達也には言えない。

「おまえ、俺のことなんだと思ってんの？　そりゃ親方のとこでこんなんしてたら、あいつソッコーぶっ飛ばされるだろうけどよ」

「おい、お友達の見学はいいけど手え動かせ」

言っているそばから達也は、通り掛かった先輩に窘《たしな》められた。

「はい、すみません」

謝って達也が、スパナを動かし始める。

「おまえさあ、俺がどんだけここで評判落としてるかわかってる？」

さすがに達也は、真弓に文句を聞かせた。

「こないだまで晴《はる》、仕事場に置いてたし。今度はおまえ」

卒業を目の前にして居なくなってしまった同級生、田宮《たみや》晴の名前を、達也が口にする。

「言っちゃあなんだけど、どっちもなんつうか……」

「オカマみたい？」

晴の風情を思い出して、悪気なく真弓は言った。

「んなこと言われたら俺もキレっけど、俺はもうホモだと噂《うわさ》されてる」

「田宮くん……元気かな？」

はっきりと達也からは成り行きを聞かされていないが、家も出て失踪《しっそう》してしまったと噂されている晴を、真弓が思う。

晴と親しかったのは、達也だ。

「どうしてっかな、元気だといいけどな。……あのさ」

引き離されそうになった恋人と一緒に、自分たちを受け入れない大人たちから逃れるようにしていなくなった晴のことは、達也にはいつでも気掛かりだ。

「祝われて高校卒業できて、ありがたがろうぜ。俺ら」

手を止めて、まっすぐに真弓を見つめて、説教のつもりではなく達也が呟く。

「……うん、もちろんそうだけど」

達也が晴のことを思ってそれを言ったことはわかって、素直に真弓は俯いた。

「大学、行くのやなのか」

根気よく達也は、真弓にそれを問い掛けてくれる。

「達ちゃん」

だから真弓も、昨日知ったことを幼なじみに話そうと思った。

「大学行っても、やりたいこと、なんにもないんだよ。俺」

口に出すと、真弓の胸が酷《ひど》く冷える。

途方もない長い行く手に、なんの導《しるべ》もない心細さに、本当は泣きたかった。

黙って、達也は真弓の言葉を理解しようとしている。

「みんなそんなもんじゃねえの？」

いい加減さからではなく、達也は言った。

「みんなって誰？　うちの人たち、誰もいないよやりたいことない人なんか」

当たり前の達也の言葉に、真弓の声がきつくなる。

「達ちゃんなんか車が大好きで、もう実家出てここで車の仕事ちゃんとしてるし……っ」

堪えられずに真弓は、確かに導を持っている筈の達也を責めた。

「自分だってちゃんとやりたいこと見つけてそれ頑張ってるのに、みんなとかっ、言わないでよ！」

押しかけたものの大人しくしていたつもりの真弓が、結局我を忘れて闇雲に叫ぶ。

肩を竦めて、達也は溜息をついた。俯いたきりの真弓の頭を、宥《なだ》めるように掌で二度叩く。

「あのなあ」

気の抜けた声を、達也は聞かせた。

「何言ってんだよ。俺ある程度外で勤めたら、うち帰って魚屋になんだぞ」

工場の者たちは皆二人を見ていたが、何事もなかったかのように達也がまた手を動かし始める。

「え？」

思い掛けない達也の言葉に驚いて、真弓は尋ね返した。

「後継ぎ息子じゃねえかよ、俺」

今更何を言っていると言うように、達也が笑う。

それきり黙ってしまった達也が作業をするのを、訳がわからず真弓は見ていた。

「達ちゃんは……それでいいの？」

やがて、恐る恐る、真弓が問う。

「今んとこ魚屋なんか、全然やりたくねえ。朝はええし、仕事きついし」

心底嫌そうに顔を顰《しか》めながら、達也は即答した。

「でもクソ親父の店、俺が潰《つぶ》したくねえからな。いつかは継ぐよ、店」

けれど、達也にしてはしっかりとした口調で、真弓にそれを教える。

「かっこわりいか」

真弓を見ないまま、達也は言った。

「ううん」

躊躇《ためら》わずすぐに、真弓が首を振る。

平手で顔を叩かれたような思いに、真弓はただ、達也を見つめた。

もういつもとすっかり変わらない顔で、達也は作業を続けている。

「ううん。達ちゃんはすごく、すごく、かっこいい」

今の自分の姿が、不意に、真弓は見えたような気がした。

「かっこ悪いのは、俺だよ」

目の前の、赤ん坊の頃からよく知っていたつもりの幼なじみは、真弓が思っていたよりずっと、はっきりしたものを持っていたのだと、教えられる。

何になりたい、何がしたい、そんなことばかりでは成り立たない己を、達也はその右手にスパナを持つような気軽さでちゃんと、摑《つか》んでいた。

「なのに、俺……」

独りよがりの言葉を、真弓は達也に謝ろうとした。

「達ちゃん」

「真弓」

声を抑えて達也に呼び掛けた真弓の声に、真弓を呼ぶ男の声が重なる。

振り返るまでもなく工場の開いたシャッターの向こうに、勇太が立っていた。

「仕事終わって家帰ったら、おまえおらんから。どうせウオタツんとこちゃうかと思て」

少し気まずげに、勇太がここに来た訳を語る。

「昨日は……」

きっと勇太が謝るのだろうということは、真弓にも、傍で聞いている達也にもわかった。

けれど聞かずに、立ち上がって真弓が駆け出す。

「真弓！」

逃げるように走り出した真弓を大きく呼び止めて、勇太も場を離れる。

明らかに何か情の絡んだ揉め事を孕《はら》んでいる二人が去った後、工場の者たちは皆、さっきの気まずさとは違う物見高げな目で達也を見た。

「……ホント、勘弁してくれよ……」

当然のぼやきが、達也の口元から零れる。

クリスマスに別れた工場長の娘にも睨《にら》まれて、何度でも溜息を落としながら達也は自棄《やけ》のように働いた。

川沿いを、ひたすら真弓《まゆみ》は駆けた。後ろから勇太《ゆうた》が、追って来てくれているのがわかった。全力で走ればすぐに捕まえられてしまうのに、勇太がそうしない理由も、わかる気がした。

こんな自分に、勇太も惑っているのだ。

白髭橋まで来て限界を迎えて、真弓は膝を押さえて立ち止まった。

ゆっくりと、勇太が真弓に歩み寄る。

「来ないで!」

さっき見えた、達也《たつや》の傍《かたわ》らにいた自分を思って、真弓は叫んだ。

「俺のこと、見ないで……っ」

勇太を拒むのではなく、自分を受け入れがたくて真弓が声を上げる。

「俺、今すごいかっこ悪い!　超みっともない!!」

響き渡る真弓の声に、道行く人も振り返った。

躊躇いながら、勇太がゆっくりと、真弓の傍らに立つ。

「……昨日、あないなことゆうてすまんかった。ちゃんと、おまえの話聞かんで悪かったわ。話してみい、聞くから」

右手で、勇太は真弓の左手をそっと取った。

その手を、思い切り真弓が振り払う。

「勇太に話してもどうにもならないこともある！」

思い切り叫んでしまってから、真弓は、誰かに追い縋ってどうにかしてもらおうとしていた自分が、酷い顔をして目の前に立っているのがはっきりと見えた。

逃れようもなく、向き合うしかない。それでも振り切ろうと、真弓は首を振った。

「わからんやろ、話してみんことには」

やさしさをまだ、勇太はくれる。

「話しても」

勇太と、醜い自分の両方から、真弓は逃れようとした。

「勇太にはわかんないこともある……っ」

けれど言いながら、呆然と自分を見ている勇太の瞳に映る自分を見つけて、己が今投げている言葉が勇太を責めるためのものでは決してないと、真弓は気づく。

「そういうことって、ある」

ふと、静かに自分に真弓は、それを、教えた。

さっきまでの、誰かに頼って何処かへ連れて行ってもらうことばかり考えていた、自分に。

「これは俺の……」

どうにもならないことだけれど、みっともなく騒いだけれど。

「……俺だけの、問題」

他でもないここにいるのが、誰とも代えようのない者なのだと、真弓は知った。

それがどんな人間だとしても、今この場所に頼りない己の足で立っているのが、間違いなく自分なのだ。

「これが、俺だよ。勇太」

彷徨《さまよ》っていた真弓の足が、やっと、地面に着く。

「俺だよ」

わかるようにもう一度、真弓は告げた。勇太へではなく、自分へ。

真弓の言葉が真弓自身を貶《おとし》めているものではないと、勇太はまだ、気づくことができない。

「おまえ、前に進路に悩んどったとき、ちゃんとわかっとったやないか。どないしたん」

不安そうに真弓を見つめながら、勇太は精一杯のやさしさを声に覗《のぞ》かせた。

「今できることやるて、言うとったやないか。それでええんちゃうん？」

少し、勇太の声が焦る。

「……ほんまに、大丈夫か。おまえ」

確かに自分を愛してくれる人の瞳を、真弓は見つめた。よく知った己の顔がその眼差しに映るのを、もう一度確かめる。少しの間、見失っていた。酷く粗末にして、蔑《さげす》んでいた。一番大事にしなければ、何も始めることはできない、連れ立って歩くしかない自分を。

「……うん、もう、大丈夫」

告げながら、喚《わめ》くだけ喚いておいて今気づいたことを、勇太に伝えるのは真弓には難しく思えた。

これは真弓の迷いで、真弓の思いだ。どんなに二人が思い合った恋人同士でも、勇太に叫んだ通り、きっと、そういうことはある。

さっき打ち払った勇太の右手を、真弓は左手で取った。

「神社まで、歩かない？」

「おまえが……そないしたいんなら」

不意に落ち着いた真弓に、勇太はどうしたらいいのかわからないというように、ついてくる。

黙って、手を繋《つな》いだまま、二人は神社への道を歩いた。初めてその神社で思いを交わした頃のようにもう真弓は少女に見えはしないので、通りすがる二人を知る者も知らない者も、繋いだ手をちらと見る。

人気のない神社に、二人は足を踏み入れた。

様々な思い出が、ここにはある。

この二日ばかりは、そんなことも何もかも忘れていたと、真弓は思った。大切なことを何もかも、放り投げてしまっていた。

「さっきはごめん。喚き散らして」

そうして、沢山の人にままならない思いをぶつけた。傷つけたかもしれない。

謝らなければとわからせてくれた達也にも、そうしないまま飛び出して来てしまったと、真弓はちらと離れてきた町の方を振り返った。改めて語り掛けても、なんのことだと達也は笑うかもしれないけれど。

賽銭箱《さいせんばこ》の下の短い階段に腰を降ろして、隣に座ってくれるように真弓は勇太に乞うた。

「そんなんはかまへん。昨日酷いことゆうたんは、俺の方や」

「言われても、しょうがなかったよ」

隣に勇太の体温が寄るのを感じながら、勇太にはわからないと叫んだことは嘘ではないと、言おうかどうしようか、真弓が迷う。

きっと、当たり前のことだ。

同じように勇太の気持ちも、自分には完全には理解できないこともある。どんなにわかりたくても。

二人は別々の、人間なのだから。

けれどそれを知るのは寂しいことだったので、真弓はそのことには口を噤《つぐ》んだ。

「本当に、ごめんね。自分を見失ってた」

代わりに、間違いのない本当のことを、真弓が勇太に告げる。

「ずっと、先まで見えちゃった気がして。すごく普通の、俺の人生」

ゆっくりと真弓は、勇太に説明しようと思った。

「十八やそこらで、人生とか、わかるかいな」

もしそれが勇太にわからなくても、胸を摑まれた思いのことは話そうと、真弓は思った。

「でも……普通って、怖いなあって思ってさ」

言葉にすると今も、怖くない訳ではない。無意識に胸を、真弓は押さえた。

「本命の国立、俺、無理して受けた」

「無理て?」

「俺の実力じゃ努力しても無理だってわかってて、受けたんだ」

「なんでや」

問われて、その理由もさっきまでは、目を逸らしていたことに真弓が気づく。

「明《あき》ちゃんが行ってるくらいすごい大学なら、それが俺が大学に行っていい理由になると思ってたんだと思う」

本当は願書を出した頃から、自分はおかしかったのかもしれないと、真弓は思った。

「何も目的がなくても、そのぐらいの大学なら行く意味あるんじゃないかって」

「……大河《たいが》も秀《しゅう》も、明信《あきのぶ》も、私立、いいとこやって」

「俺、なんにも考えないで受けた。恥ずかしいよ」

勇太がくれようとした慰めに、真弓が首を振る。

ふっと、空いている隣を、真弓は見つめた。さっき、達也がちゃんと己を傍らに連れていたように、今自分はここにあるだろうかと確かめるために。

否応《いやおう》なく連れ添うしかないのが自分なのに、それを認めようとしなかったみっともなさに、真弓は溜息をついた。

「俺、本当はわかってる」

微笑《ほほえ》もうとして、結局、真顔になってしまって真弓が勇太を見つめる。

「もしも、勇太のお母さんが帰ってきてお母さんが一人だったら、勇太は放っておけない」

「今はその話はええやろ」

不意に、勇太の母親の話を始めた真弓に、それどころではないと、勇太は首を振った。

「一緒の、話だよ。それってさ、きっとすごく普通のことで」

強《こわ》ばる勇太の顔に、少し、真弓が微笑む。

「……ああ、けど、俺は持ってなかったもんや」

観念して、勇太は真弓の瞳を見つめ返した。

「秀に会って、貰《もら》ったものだよね」

「自分飛ばすな、アホ。おまえと、おまえんちのもんと普通の暮らしして……そんで俺も覚えた、普通や」

「すごく、大切な普通」

もしかしたら訪れるのかもしれないその日を想像するのはやはり難しくて、辛く、真弓が一瞬目を伏せる。

「でもそんなときが来たら俺、普通に泣き喚くね。普通に、引き留めるからね」

それでも精一杯戯けて、真弓は勇太の肩に頭を寄せた。

「……俺かて、普通に、迷うわ」

笑えずに、勇太が真弓の髪を抱く。

「そうしようね」

見えない約束を、二人は交わした。

そのときどうなるのかは、今はわからないのだとしても。

「そういう普通の俺が、俺で」

息をついて、真弓は顔を上げた。

「今ね、なんにも持ってない。いつか何か見つかるかもしれないし、このまま何も見つからないかもしれないけど、それが俺なんだって、知ってる」

言葉にすると驚くほど、抑揚がない。それを声にすることに勇気がいって、真弓は勇太に告げるだけで精一杯だった。

「俺、もう、知ってるんだ」

「けど」

「でもさ」

当てもなく何か慰めをくれようとした勇太を、真弓が笑って遮《さえぎ》る。

「やっぱりちょっとだけ、不安になるじゃない？　本当に、それでいいのかなって」

そのまま笑顔を見せようと思ったのに、真弓の瞳の端から涙が零れ落ちた。

「……ごめん、こんなことで泣いたりして、ごめん」

初めて素直に泣いた真弓を、勇太が戸惑いながら抱き留める。

一度だけ、泣いてこの不安を流してしまおうと、勇太の胸に真弓は顔を埋めた。

「おまえがもう知ってるっちゅうんが、なんなんか俺にはようわからん」

正直に勇太が、わからないことを、真弓に伝える。

「強くて」

ただ真弓が泣くのが辛くて、その髪に勇太は口づけた。

「明るくて、思いやり持っとって、人にやさしいおまえが元気でおるだけでなんも不足はないて、きっとみんな言う。おまえを知っとるやつ、みんなや」

力強く、勇太が繰り返す。このまま真弓が手の中から零れていってしまうのではないかと誤解して、必死で勇太は真弓に告げた。

「……ありがとう」

不足があると迷ったのは、けれど、誰かではなく自分なのだと真弓はわかっていたけれど、勇太には言わない。

「俺なんかが言えることちゃうけど……きっとみんな、そうやっておるんちゃうんかな」

「そうやって？」

「それでええのに、ええんかな？　あかんのとちゃうんかなて、迷って。そんでもみんな、おらなあかんのやないか」

もちろん勇太の中にもそういう気持ちがあることを、真弓も知っている。

「ほんまのこと言ったら、生きとるだけでええ。俺はおまえのこと、そう思う」

胸から顔を上げて、勇太のその言葉を、真弓はよく聞いた。

自分を失くしている間、己がそう思うことができなかったので。

「俺、今なんにも持ってないけど」

涙を拭《ぬぐ》って、真弓は勇太を見上げた。

「それでいい？」

尋ねたのは、もう、ただの甘えだ。

「当たり前や。みんなそう言うわ」

勇太にわかるように真弓は、大きく笑んだ。

逃げ惑っていた自分も、笑った気がした。今、きっと同じ顔をして笑っていると、真弓は思えた。

「でも勇太、結構冷たかったな！」

もういつもと変わらない声で、真弓が勇太を責める。

「俺、人生の一大事だったのに」

「そら当たり前や、やさしゅうできるか」

思わぬ言葉が、勇太から返った。

「なんで？」

口を尖らせて、真弓が問い返す。

「俺の一番大切なもん、おまえが簡単につまらんとかどうしょうもないとか言いよるからや。めっちゃ腹立ったわ」

「……一番？」

唐突にそんな言葉をあっさりと聞かされて、真弓は戸惑って尋ね返した。

「ああ」

答える勇太に、惑いはない。

「大切？」

「今更何ゆうてんねん」

ぶっきらぼうに言った勇太の肩に、真弓は頰を乗せた。

「勇太ー」

「なんや」

「エッチしたい」

「そやな」

せがんだ真弓に、勇太がようやく少し安堵《あんど》して笑う。

「けど今日は帰らなあかんやろ。みんなうろうろしとるで?」

「……だよね」

呟きながら寄り添って、真弓も勇太もすぐには立ち上がらなかった。

「みんなに心配掛けちゃったな」

「私立、受けたときからずっとそんなん考えとったんか?　おまえ」

ふと勇太が、元に戻って真弓に問う。

「違うよ。国立落ちたからだよ」

「やっぱり本命落ちて落ち込んだんか」

今一つ真弓の気持ちの流れを把握できていない勇太は、やはりどうしてもそれを知ろうとした。

改めて尋ねられると真弓も、何処から自分がそんな考えに陥ったのか、見失う。

いつから、というのを探して、真弓は考え込んだ。

「ってゆうか」

靄《もや》が掛かったように、少し前のことが遠い。

「お金の問題じゃない？」

けろっと言って、真弓は勇太を見た。

「は？」

「私立、大金掛かるから悩んだの」

「金て、おまえ」

投げられた答えに、勇太が眉を寄せる。

「大事だよー！　払うの俺じゃないもん！」

大きな声を出した真弓に、呆れ返って勇太は笑った。

「おまえはそういうヤツや」

本当は、それだけではないことは、二人ともが知っている。そして実際本当だと思っているものが、二人とも同じだとは、限らない。

何か小さくすれ違うのもまたお互いだと思って、真弓はようやく、あるがままの色で自分と勇太が見えた気がした。

「そういう俺ですけど、勇太」

近くにいるけれど決して自分と同じ者ではない、恋人の名前を真弓が呼ぶ。

「キスぐらい、しようよ」

わざと下から、真弓が勇太を見上げた。

今度は勇太も、苛立《いらだ》ちはしない。

「キスだけじゃ止まらんようになるやろ。俺がどんだけ堪えてると思ってんねん」

ぼやきながら勇太は、真弓の髪を抱いた。

どちらからともなくゆっくりと、唇を合わせせる。触れ合うと互いの肌は随分久しぶりに思えて、口づけは長く、深くなった。

「ん……」

きりがなくて勇太が、一瞬、強く真弓を抱く。それで自分を納めるようにして、勇太から口づけを解いた。

「帰ろ」

勇太に促されて真弓は、立ち上がった。

手は繋がなくても、もう並んで歩ける。

当たり前に存在する自分、想像のつく未来つかない未来に、今は惑うことを真弓はやめた。

何処かに放ってしまおうとした己と、手を繋ぐ。自分を連れて、目の前の轍《わだち》を、真弓はただ踏みしめた。

傍らには、大切だと告げてくれる恋人がいる。

春先の花が匂《にお》って、真弓は勇太にその花の名前を教えようと、顔を上げた。

大人のおつかい

この街に来てから、春の兆《きざ》しを感じる度、軒先に見る柳のような枝振りの花はなんというのだろうと秀《しゅう》は思っていた。

今日もその花を眺めて、秀は珍しく竜頭《りゅうず》町から出た。

白い五弁の小さな花を無数につける花の名前を、今度大河《たいが》に尋ねてみようと思いながら神田《かんだ》川《がわ》のそばの出版社を訪ねる。

挨拶《あいさつ》をしたらそれで受付を通してもらえて、大河のいる編集部に秀は顔を出した。

「……どうしたんだよ。原稿持って来たのか？」

一通り編集部の者に挨拶をして、「やあ」と、大河にはにかんで笑った秀に、驚いて大河が口を開ける。

「ううん。君、これ忘れて行ったから」

原稿という言葉はきれいに流して、秀は何処《どこ》の家にも一枚はあるような紫のぼかしの風呂敷包みを、大河の荒れたデスクに置いた。

それは今日何故《なぜ》だか秀が大河に持たせようとしたもので、わざと忘れて来た大河が大きく溜《ため》息《いき》をつく。

「阿蘇芳《あすおう》先生、どうぞ」

気を利かせた女性社員が、大河の横に座れるように秀に椅子《いす》を用意した。

「ありがとうございます」

丁寧に頭を下げて、秀がその椅子に腰を降ろす。

「お茶も持って来たから、もうお昼近いしよかったら食べて」

秀が風呂敷を開けると、中からは立派すぎる重箱が姿を現した。

肘《ひじ》をついて額を押さえて、秀が重箱に見合った中身の詰まった蓋《ふた》を開けるのに、大河がまた大きく息を吐き出す。

「……そんなに落ち込まないでよ、大河。真弓《まゆみ》ちゃんもうすっかり元気になったんだし」

言葉とともに、きれいに焼けた甘くないだし巻き卵を披露して、秀は大河に慰めの言葉を渡した。

「別に落ち込んでねえよ！　ここで弁当広げんなって、何度言ったらわかるんだおまえは!!」

持たされそうになった箸《はし》をデスクに叩《たた》きつけて、大河がもう何から叱《しか》ったらいいのかわからずに声を荒らげる。

潰《つぶ》れかけのSF雑誌を救った救世主でもある作家と担当編集者のいつものやり取りに、最早編集部の人間は関心を示さなかった。

「今日すごくいい出汁《だし》が出たんだよ。渾身《こんしん》のだし巻きだから、ちょっと食べてみてよ」

置かれた箸を取って、今にもだし巻き卵を自分の口元に持って来そうな秀の手を、大河が押さえる。

「朝遅かっただろ？　後で食うから！」

「そう？　できるだけ早く食べてね」

白いシャツにグレーのズボンを穿《は》いた秀が、肩で息をついて重箱の蓋を閉めて風呂敷に包んだ。

白い割烹着《かっぽうぎ》で来なかっただけマシだと、大河は思うしかない。

「どうせなら打ち合わせしようぜ、喫茶店でも行って。次の新作の」

「そんなことより」

「そんなことだ？」

筆の遅さにも年々拍車が掛かる秀の悠長さに、大河は眉《まゆ》を吊《つ》り上げた。

「まあまあ、それはちょっと置いておいて。君が本当に落ち込んでないなら、僕、真弓ちゃんの進学祝いしたいんだけど。私立行くって決めたって、君に言いに来たんでしょ？」

家長の了解を取らずには日にちも決められないと、秀が大河に申し出る。

また真弓のことを話題にされて、大河が顔を曇らせた。

「ああ、改めて俺に、言ってきたけど」

手が煙草《たばこ》を探したがまた秀に取られると気づいて、大河が溜息をつく。

「本当に行きてえのか？　あいつ」

「そうじゃない？　最近毎日、明るく元気だよ」

恐る恐る尋ねた大河に、秀は明快に答えた。

溜息を深めて、きれいに弁当を包んで置いた秀を大河が見つめる。

「丈《じょう》が言ってたぞ」

不思議に、真弓の件を引きずらずに明るい秀を怪しんで、大河は顔を顰《しか》めた。

「何を？」

「何って」

いつもの秀なら、たとえ本当にことが済んでいたとしても、今の自分と同じように真弓を心配した筈なのにと、大河が首を傾《かし》げる。

「俺が入稿トラブルでいなかったときだろ？　真弓が荒れて、大変だったたって」

秀からは聞いていない真弓のことを、大河は尋ねた。

「それは……荒れてたけど。だから、そんなに落ち込まないでってば。真弓ちゃん元気になったんだから」

そのことで大河が落ち込んでいるからこそ弁当を持って来た秀が、あまり役に立たない慰めを重ねる。

何か、ことを片付けてしまったような秀の言いようが、大河には酷《ひど》く不自然に思えた。

それに、実際真弓のことが、大河はまだまだ心配だ。

「本当に元気になったのか？」

確かに無理は覗《のぞ》かない様子で、進学の話を真弓は自分にしてきたが、何しろ留守中に何かが起こったということが大河を不安に陥らせていた。

「解決したんだと、僕は思ったけど」

曖昧《あいまい》な口調だけれど秀にしてははっきりと、大河に告げる。

「明信《あきのぶ》と大喧嘩《おおげんか》になったって、丈が言ってたぞ、真弓」

次男と末弟が喧嘩をするなど考えられもしないことで、大河は気鬱《きうつ》を深めていた。

「大喧嘩？　うーん、真弓ちゃんが確かに大きな声出してたけど」

「おまえ……その場にいたのか？」

その時の様子を語った秀に、驚いて大河が身を乗り出す。

「いたよ？」

「じゃあそういうことがあったなら、俺に説明して報告しろよ！」

きょとんと頷《うなず》いた秀に、大河は思わず大きな声を立てた。

叱られて、秀が若干肩を落とす。

「もう、真弓ちゃん元気になったのに」

実のところ秀は、その丈が言っている晩のことを、あまり考えないようにしていた。

「ええと」

思い出さないように、見ないように、済んだことだと思おうとしていたことを大河に問い詰められて、仕方なく秀が懸命に思い出す。

「真弓ちゃんがやりたいことがないって、言ってた」

あのとき聞いたままを、秀は大河に伝えた。

「それは前も聞いた気がするけど……そんでなんで、明信と喧嘩になったんだ」

その真弓の言葉も気掛かりだったが、何より弟たちの喧嘩が気になって、大河が先を急《せ》く。

「喧嘩なんて……明ちゃんは別に、淡々としてたけど」

明信のことを思い出して、言葉とは裏腹に秀は、憂いのようなものに胸を触られた。もう弁当を置いて帰ってしまいたい気持ちになって、俯《うつむ》く。

「淡々と、何言ってたんだよ」

「……うん？」

けれど更に大河に問われて、秀は明信の言い分を思い出そうとした。

「なんかこう」

しかし、そんなに難しい言葉を明信が使った訳ではないのに、秀はその時明信が真弓に何を言ったのか、上手《うま》く大河に伝えられる自信がなかった。

「宇宙のような」

ぼんやりとしたあの晩のことを思い出すと、ブラックホールを連想する秀が、そのままを大河に告げる。

「宇宙!?」

何故、兄弟喧嘩の話が宇宙に発展するのかと、大河は眉を寄せて聞き返した。

「真弓ちゃんも明ちゃんも深刻なのはわかったんだけど、ちょっと僕には難しい話で……まるで宇宙の深淵《しんえん》のような話だな、と、思いました」

微塵《みじん》も大河には理解できない言葉で、真弓と明信のことを秀が説明する。

「……おまえ」

掌《てのひら》で顳顬《こめかみ》をおさえて、何処から突っ込んだらいいのかわからずに大河は背を丸めた。

「じゃあSF作家として、その宇宙の深淵を次回作で描け」

「だって舞台はお茶の間だったんだよ、大河」

皮肉を込めて言った大河に、秀が真顔で抗議する。

完全に大河が臍《へそ》を曲げたことに気づいて、秀は弁当を持って来た目的を思い出して慌てた。

「真弓ちゃん、今特に無理してるように見えないよ? 丈くんが言ってた日の翌日、朝ふらっと出掛けちゃったときはハラハラしたけど。でも夕方勇太《ゆうた》と戻って来たらもう、いつも通りだったよ」

帰って来た二人の姿を見て大丈夫だと思い込んだ秀が、自信なさげに自分の見たままを語る。

何もかも元通りだと秀は思いたかったし、何もなかったとさえ、思いたかった。そうして自分が必死でそう思い込もうとしていることに、秀が気づく。

けれどそのことからさえも、秀は目を逸《そ》らした。

「……結局」

編集部の窓から、神田川の上に広がる晴れた空を、大河は見上げた。

「勇太なんだな」

独り言のように、大河がぼやく。

「もう、真弓を助けるのは、勇太なんだな。俺なんか何が起きたのかもわかんねえような有り様で、真弓の進路の分かれ目だってのに」

「そんなこと言わないでよ。ちゃんと話さなかったのは僕が悪かったよ。だって僕、ちょっと理解できてなくて」

全《すべ》てを日常に戻すために必死に、秀は大河の機嫌を直そうとした。

「勇太によく、礼を言っといてくれよ」

しかし完全にふて腐れてしまった大河が、空を眺めたまま呟《つぶや》く。

「大河、報告しなかったのは本当に僕が悪かったけど……そんなに斜めにならなくても」

「ついでに、おまえが理解できなかった何が起こったのか、聞いといてくれ」

斜めになったまま大河は、駄目元で秀に言いつけた。

困り果てて、秀が大河を見つめる。

だが真弓のことに気を囚《とら》われている大河は、秀の挙動がおかしいことに気づけなかった。

渡されない視線に、秀が俯いて溜息をつく。

「わかった」

そのことと向き合う気持ちは全くなかったのに、秀は大きく頷いた。


慣れない電車に乗って、竜頭町に秀《しゅう》は戻った。行きに見た白い花が、きれいに咲いている。

「もう、真弓《まゆみ》ちゃんも悩んでないなら……それでいいじゃない。考えなくてもいいこと、考えなくても」

ぼんやりと独りごちて、秀は山下《やました》仏具の前で立ち止まった。ここには勇太《ゆうた》が弟子入りしていて、卒業を目の前にした学校に行かなくて良い日々を、勇太は当然のように勤めて過ごしている。

難しい顔をした翁《おきな》の怒鳴り声が時折飛ぶこの仕事場は、秀には敷居が高かった。

だが、どうしたものかと立ち尽くしていると、丁度、勇太が飛び出して来る。

「おっ、届けに来てくれたんか!?」

秀を見つけて、家へ走ろうとしていた勇太が立ち止まった。

「うん、まあ、半分」

どのみち勇太も弁当を忘れて仕事に行ったので、元々秀はそれを届けるつもりだった。

「弁当、半分なん？」

「そうじゃなくて、お弁当が半分、用事が半分」

不満そうに聞いた勇太に、首を振って秀が答える。

「どないしたん？　……まあええわ。俺、丁度弁当取りに行かせてもらうとこやったから、用があんなら聞くで」

「じゃあ、食べながら聞いてくれる？」

「ほな、はよいこ。腹減ったわ」

何もかもがゆっくりな秀を急かして、勇太は近くの公園に向かった。

後をついて秀が歩くと、白い花がまた秀の目につく。ふと戯れに勇太に花の名前を聞いてみようかと思ったが、勇太が知る筈《はず》はないと思ってやめた。

公園のベンチに並んで、秀と勇太が腰を降ろす。

弁当を受け取り、勇太は急いで包みを開けた。

「ゆっくり食べなさい、ゆっくり」

小言を言いながら秀が、水筒に入れて来た茶を注ぐ。

「サンキュ」

言うことを聞かず急いで食べる勇太が、一息にその茶を飲んだ。

「すぐ仕事場戻らなあかんねん。用があんなら今言いや」

「……うん。その」

少し重たいような気持ちになって、秀は言い淀《よど》んだ。

「大河《たいが》が、真弓ちゃんのこと励ましてくれてありがとうって、言ってたよ。勇太にお礼言ってくれって」

取《と》り敢《あ》えず一つ目の要件を、秀が勇太に伝える。

箸を持つ手を止めて、勇太は秀を振り返った。

「ふうん」

箸が止まったのは、弁当箱が早々に空になったのと、秀が真弓の話をしたのと、両方のせいだった。

「ごちそうさん」

両手を合わせて勇太が、自分で弁当箱を包み直す。

「持って帰るよ」

「悪いな」

亭主のような口を利いて、勇太は秀に弁当箱を渡した。

受け取りながら秀が、大河の二つ目の注文をなんと言って聞こうか迷う。それを秀は、何故だか聞きたくなかった。何かあったと、確かめたくなかった。

けれどもし何か片付かないままのことがあるのなら、目を背けていてはいけないと、息を飲む。

「それと、大河にゆうといてや。俺、礼言われる筋合いないいて」

ようやく尋ねようとした秀の言葉を待たずに、ふと勇太は、あまり明るくはない声で言った。

意味がわからず、問い返すように、秀が勇太を見つめる。

「だって真弓ちゃん、明るく勇太と帰って来たじゃない」

黙ってしまった勇太に、遠慮がちに秀は言った。それでもう、何もかもがきれいに解決したのだという言葉を、勇太から聞きたかった。

「そら、迎えに行ったんは俺やけど」

溜息をついて、勇太が言葉を切った。

「仲直りしたんじゃないの？」

「ああ、したした」

わざと軽い声で言って、勇太が肩を竦《すく》める。

真弓に何があったのかということとは別に、勇太との喧嘩の行方は、秀も顛末《てんまつ》を知りたかった。

「……真弓ちゃん、もう、怒ってない？」

実際、勇太の母親の件を聞かれたことはずっと気掛かりなままで、小さな声で秀が問い掛ける。

「おかんのことか？　そんとき考えよって、そんな話になったわそれは。普通のことやって、あいつ言っとった」

「そう」

安堵《あんど》とも何ともつかない息を、秀は落とした。普通のことと言えた真弓を、頼もしくも、寂しくも思って惑う。

「けど別に、俺なんもしてへん。なんもゆうてへんで。あいつ一人で勝手に直りよったんや」

「直った？」

聞き慣れた勇太の言い回しを、けれどその度に秀は聞き返していた。

「元に戻りよった」

簡潔に、勇太が告げる。

元に戻ったということは、やはり元ではない有り様にはなっていたのだと、改めて秀はそのときの真弓を思い出した。

「そもそも何処に行ってたの？　真弓ちゃん」

目を逸らそうにも、大河も勇太も沈んでいるので、仕方なく思い切って秀が尋ねる。

「ウオタツの仕事場や」

秀が聞きたかったこととまるで違う物理的な答えが、勇太から返った。

「そうじゃなくて」

もう本当は、秀も話を終わらせたい。

「こう、直ったってことは、気持ちがどっか行っちゃってたんでしょ？　どんな風になっちゃってたの？」

だが、知らないままではいられないという気持ちも、秀にはあった。

「おまえ、居間で真弓が明信《あきのぶ》と揉《も》めとったとき、聞いとったんちゃうんかい」

訝《いぶか》しげに勇太が、顔を顰める。

「聞いてたけど、僕にはちょっと難しい話で」

大河と同じように勇太にそこを突かれて、秀は顔を逸らしてしまった。

「何がや」

問いを重ねられて、否応なくあの晩の居間に秀が向き合わされる。

「何かこう、精神論の話で。哲学的というか」

けれど真弓と明信の会話をきちんと直視しないままきてしまった秀は、最早ぼんやりとしか、物事を捉《とら》えられていなかった。

「おまえ……物書いて金貰《もら》ってるんちゃうんか」

さすがに、勇太が呆《あき》れ返る。

「そんな難しいもの書いてないし」

「俺はおまえが書いてることなんか、ちんぷんかんぷんや」

拗《す》ねた口をきいた秀に、勇太は肩を竦めた。

「勇太はわかってるの？　真弓ちゃんが何に悩んでたのか」

問う度に秀は、何故だか胸が塞《ふさ》がれる思いがする。

「……まあ、大体はな」

その話をされると憂鬱なのは勇太も同じで、大河のように空を見上げた。今日の空は、青く澄み渡っている。

「じゃあ……僕にわかるように説明してみて」

胸は重いけれど聞こうと、秀は決めた。真弓のことを、こんな風にわからないままにしておく訳にはいかない。

「直したん、多分、俺ちゃうし」

そっぽを向いたまま、ぶっきらぼうに勇太は言った。

「ウオタツなんちゃうの？　直したん」

おもしろくはないという口調のまま、勇太が呟く。

「真弓に何ゆうてやったんか、ウオタツに聞けや。そんで礼にビールでも渡しとけ。もう行くで、俺」

癪《しゃく》だという気持ちを隠さずに一息に秀に言い置いて、勇太はベンチから立ち上がってしまった。

「……達也《たつや》くんにビール？」

残された秀が、ただ、首を傾げる。

結局聞こうとしたことは聞けないまま言いつけが増えたと、弁当箱をしまい込んで秀はまた、溜息をついた。

「せーんせえ」

今度は年上かストライクゾーン広いなと、先刻先輩に耳打ちされた達也は、ボルトを締め直している自分のそばにちょこんと座っている秀《しゅう》に、心の底から迷惑そうな声を上げた。

「俺ね、ついこの間は真弓《まゆみ》がそうやっていてね、その前は同級生の……なんちゅうかちょっとしおっとした野郎を仕事場に置いててね」

だから帰ってくれないだろうかとまでは言えずに、達也が深々と息をつく。

「そうなんだ。人望が厚いんだね、達也くん」

真顔で言って、秀は感心を露《あら》わにした。露わにしたと言っても秀の表情は、ほとんどの人間にとって非常に読み取りにくい。

「みんな俺のことなめてんスよ」

「僕は君をなめてなんかいないよ」

やけくそのように言った達也に、何処までも真面目に秀は言った。

「……いや、そういうつもりじゃ。あのー」

要件はもう聞いている達也は、さっさと答えて秀を帰してしまいたいが、その答えに悩んでいた。

「とにかく、俺に聞かれてもわかんないって。真弓が何に悩んでたのかなんて」

正直なところを、達也は何度目か、秀に教えた。

「でも勇太《ゆうた》は、君のお陰で真弓ちゃんが直ったって言ってたよ?」

「病気だったの? あいつ」

「至って健康です」

さっきから、こんな風に二言三言話しては、会話が途切れる。それは決して、達也の側には責任はなかった。

「つうか、頭がってこと?」

通訳が欲しいと思いながら、達也が必死でボルトを締める。

「頭というか……心は確かにちょっと心配だったよ」

問い返されて秀は、やはり皆考え過ぎなのではないかと、思おうとした。

「そのことを、勇太は言ってるんだと思うんだけど。直ったって」

ようやく少しわかりやすく、秀が真弓のことを達也に語る。

「心ねえ。まあ、確かに様子はおかしかったけど。それって大学落ちたからっしょ。本命の国立に」

端的に達也が、真弓が落ち込んだきっかけの話をした。

そう結論づけたいのは同じ気持ちで、秀も頷いてしまいそうになる。

「そのことで何か相談された？」

それでもやはり、自分だけが何か大切なことをわかっていないような気がして、無意識に秀は達也に聞いていた。

「探偵みたいになってっけど、先生」

聞き込みのような風情の秀に、達也が苦笑して少し手を止める。

「まあ色々……言ってたような気はすっけど」

「達也くんは、なんて言って真弓ちゃんを立ち直らせてくれたの？」

眉を寄せて首を傾げた達也に、秀は答えが出る前に問いを重ねた。

「だから俺なんも言ってねえって。それに、真弓元気になったんだろ？　もういいんじゃねえの？　理由なんて」

「うん……僕もそう思うんだけど、でも、勇太や大河《たいが》が」

繰り言のように秀の声が尻《しり》すぼみになる。

話を終わらせてしまいたい気持ちと、わからないことの正体をちゃんと突き止めたい気持ちの両方に、秀は悩まされた。

「なんて、言って励ましてくれたの？」

「先生……」

結局尋ねた秀に、達也が頭を搔《か》いて項垂《うなだ》れる。

「励ましてねえよ、俺。真弓が俺のこと、やりたいことあって羨《うらや》ましいみてえなこと言うから、俺は魚屋継がねえといけねえんだよって話したぐらいで」

あまり大きな声でいずれここをやめるとは言えないので、達也は小声で秀に教えた。

「え？　達也くん魚藤《うおふじ》継ぐの？」

「……うん、まあ」

驚いて問い返した秀に、達也が頭を搔く。

「だけど……この仕事、したかったんじゃないの？」

遠慮がちに、秀は聞いた。

困ったように曖昧に、達也が笑う。

「俺、放蕩《ほうとう》息子だからよ」

理由としては真逆に思えることを、達也は秀に教えた。

それだけではもちろん、秀には達也の決め事の訳が理解できない。ただ、それ以上聞いてもいけないような気がして、秀は口を噤《つぐ》んだ。

「そんで真弓、その後勇太が来て走ってっちまったからさ」

「その後？」

「俺とそんな話してた最中に勇太来て、行っちまった。だから結局、勇太が慰めたんじゃねえの？」

これ以上何も隠し事はないというように、達也が眉を上げる。

「でも勇太は、達也くんだって」

わからないものの手掛かりを見失う不安に胸を摑《つか》まれて、なおも秀は呟いた。

「だって何悩んでたのかも、俺よくわかんねえし。あ、なんか明兄《あき》ちゃんに正しいこと言われたってむくれてたぜ？　明兄ちゃんに聞いてみたらどうよ」

もっともなことを達也に言われて、穏やかではない真弓と言葉を交わしていた明信《あきのぶ》を、秀は思い出した。

「……明ちゃんか」

まう。


溜息のように、秀が独りごちる。

それは核心に近付くことだとわかっていたけれど、いざそうしろと言われると尻込みしてしま う。


しばらく黙り込んで秀は、ようやく達也が困り果てていることに気づいた。

「でもとにかく、勇太は達也くんのお陰だって思ってるから……それで、お礼にビールでも渡しておいてくれって言われたんだけど」

もたもたと秀が、背に置いていた買い物用のバッグを取る。

「お」

せめてこのどうにもならない惨状の代わりにビールが渡されるのかと、一瞬、達也は期待した。

「達也くんまだ未成年だと思って、これ」

しかし秀がバッグの中から、どう見てもビールではない紙の包みを取り出す。その包みには、ご丁寧に赤いリボンが掛けてあった。

「……なんスか、これ」

見慣れないものを突き付けられて、達也が恐る恐る尋ねる。

「良かったら開けてみて」

「開けてみてって言われても……」

もちろん工場中の人間が、そのリボンに注目していた。

「じゃあ、真弓ちゃんが本当にお世話になりました。ありがとう」

開けてくれない達也に少し寂しそうな顔をして、秀が立ち上がる。

頭を下げて秀が立ち去った後、忽然《こつぜん》とリボンの掛かった包みが達也の横に置き去りにされていた。

「……マジで、勘弁してくれよ……」

ぼやいた達也の横に、すっと、工場長の娘の清子《せいこ》が立つ。

「開けないの？　リボンの掛かったプレゼント」

上から達也を見下ろして、おもしろそうに清子は、口の端を上げて笑った。

「仕事中ですから」

挑発に乗ってはいけないと、達也がさらりと受け流す。

「次から次へと、オトモダチ連れ込んで、仕事中も何もないと思うけど」

「気になんなら、おまえ開ければ」

しかし、もっともなことを言われて、つい達也も余計なことを返してしまった。

「ふうん」

引き下がるかと思った清子は、達也が思っているよりずっと負けん気が強くて、リボンに手を伸ばそうとする。

「ちょっと待った！」

慌てて、達也は清子を止めた。

秀のくれた包みには、何が入っているのか全く想像がつかなくて恐ろしい。

「やっぱり持って帰ります……」

仕方なくその包みを抱きしめて、達也はもう転職したいような気持ちに襲われた。

いくつあっても困らないだろう、と、秀《しゅう》が用意したお礼の品は、洋品店で買った肌着だったので、その場で開けなかった達也《たつや》は命拾いをした。

そんな達也の心も露知らず、秀はゆっくり歩いて山下仏具の前まで戻って、ぼんやり向かいの縁石に座り込んでいた。もうそうしてかれこれ二時間になり、時折道行く人も秀を眺め、通報されてもおかしくない有り様だ。

この様を大河《たいが》が見ていたら、とっとと帰って仕事をしろ、と、言いたいところだろうが、ここに大河はいない。

「真弓《まゆみ》ちゃんの、進路の分かれ目か……」

大河が嘆いていたことを、思い出して秀は呟いた。

「確かにそれで、悩んでたんだと思うんだけど。でも、今は悩んでないみたいだし。進学のときに迷うのは、当たり前のことのような気もするけど」

ぶつぶつと独り言まで言い出しては、通りすがる人も振り返らずにはおれない。

明信《あきのぶ》に聞けと達也に言われたのに、それはもっともだと思いながらも秀は先延ばしにして、ここにいた。

思い出そうとすると、また、胸を塞がれる。明信と真弓が、喧嘩のようなことを言い合っていた晩のことは。

勇太《ゆうた》の言うように、真弓は、直ったのだと秀も思いたかった。あのとき真弓が叫んでいたようなことは、考えてはいけないことだ。そんなことを真弓が考えるなどと、秀には耐え難い。

当たり前に明信が、受け流したことも。

胸がざわついて、秀はシャツのボタンを摑んだ。

「真弓ちゃんも明ちゃんも……なんであんなこと」

「うわっ、おまえ何してんねん」

大きく息をついてそのときのことを思い返していた秀を、仕事場から出て来た勇太が見つけて声を上げる。

「勇太」

「どないしたん」

「勇太が達也くんのところに行けって言うから、行って来たんだよ。報告しようと思って、待ってた」

「夜でええやんけ。それに俺、行けなんてゆうてへんわ」

もっともなことを言う勇太に、不満げな顔をして秀は立ち上がった。しかし、二時間座り込んでいたので、膝《ひざ》が固まって蹌踉《よろ》ける。

「どんだけここにおったん」

仕方なく勇太は、秀を支えた。

「ついでに夕飯の買い物しようと思ったんだけど、お魚が安くなるにはまだ早いなって」

「そしたら一旦、帰って仕事せえや」

ますます勇太は正論を吐いたが、秀はもう今日自分が仕事ができるとは思えなかった。

「でも、今日はお魚にしたいと思って」

言い訳にもならないことを、秀が呟く。

「それウオタツにおうたからやろ。……あいつ、なんかゆうとったか？　真弓のこと」

結局はそれが気になって、勇太から秀に尋ねてしまった。

「達也くんには一応お礼したけど、真弓ちゃんの話はなんのことだかわからないみたいだったよ」

「そんなワケあるかい。とぼけとるんや、あいつ」

確信して勇太は眉を寄せたが、達也は隣町でリボンの掛かった包みに困り果てながらくしゃみをするのみだった。

「でも真弓ちゃんと話してたら、そこに勇太が来て飛び出して行っちゃったって」

「……そんとき、何話しとったん。真弓、ウオタツと」

小さな声で勇太が、自分の細かさを恥じながら秀に問う。

「え？ それって重要なの？」

「別に重要やないけど……聞いたんやったら、俺にも聞かせろや」

そんな風に秀に問い返されて余計に恥ずかしく思いながら、勇太は自棄《やけ》になって言った。

「ええと」

言ったものかと迷って、秀が勇太をわずかに見上げる。立ち並ぶと露骨に勇太の方が上背があって、それが秀は少し寂しかった。

「達也くん、魚屋さん継ぐって」

けれどそんな子どもっぽいことを気にするところがまだまだあるのだと、安堵する気持ちで秀が勇太に告げる。

「は？」

まるで意味がわからない、というように、勇太は聞き返した。

「魚藤、継ぐんだって」

「誰がそないなこと聞いた」

「勇太だよ」

勇太に顔を顰められて、秀が言い返す。

「そうやなくて、ウオタツが真弓と何を話してたんか聞いたんや。俺は」

「だから、魚藤継ぐって話してたら、勇太が来て真弓ちゃん飛び出して行っちゃったって。達也くんはそう言ってたよ？」

何も嘘《うそ》は教えていないと、秀は言葉を重ねた。

「……けど、そうなんか。あいつ、車屋になるんとちゃうかったんか」

真弓のこととは別に、達也の話も気には掛かって勇太が溜息をつく。

「放蕩息子だからって、言ってた」

「あないに親父さんと喧嘩ばっかりしとるのに、わからんもんやな」

親子は、と、ぽつりと勇太は呟いた。

それは、勇太と勇太の両親のことのようにも、勇太と自分のことのようにも、秀には聞こえる。

ふと、切なさに秀は襲われた。けれどその切なさとも、秀は目を合わせない。

聞き慣れた自転車の軋《きし》みが、角の方から響いた。制服を着た真弓が軽快に、角を曲がって来る。

「あ、秀ずるいんだー。勇太の仕事中に」

漕《こ》いでいた自転車を、真弓は降りた。

「そや、俺、届け物行くとこやったんや」

何故自分が仕事場を出て来たのかを不意に思い出して、勇太が慌てる。

「真弓ちゃん。学校もう終わり？」

悠長に秀は、真弓に笑い掛けた。

「うん」

「なんでおまえ学校行っとるん？」

秀に笑い返した真弓に、朝先に家を出ているので、真弓が登校したことを知らなかった勇太が尋ねる。

「行くところもやることもないから、司書の先生に頼まれて図書室の本の回収手伝ってるんだ」

「そうか」

暇やな、と勇太は思わず言いそうになったが、今は禁句な気がして口を噤んだ。

だが、勇太に言われなくても、真弓は恐らく人生で一番暇な時間を堪能している最中だった。

「秀はどうしたの？」

天真爛漫《らんまん》にしか見えない顔で、真弓が秀に尋ねる。

「僕はちょっと通り掛かっただけだから、もう、行くところ」

藪蛇《やぶへび》になるまいと思うくらいの心遣いはできて、秀はそそくさとその場を立ち去ろうとした。

「自転車、乗っけてくよ秀」

「買い物して帰るからいいよ」

「それより俺、使い先まで乗っけてや」

三人で嚙《か》み合わない会話をしながら、誰ともなく同じ方向に歩き出した。

「今日夕飯何？」

「お魚にしようと思って」

「ウオタツには悪いけど、俺肉がええなあ。……あ」

他愛のない言葉を交わしている途中で、ふと、勇太が声を上げる。

「これ、雪柳や」

昼間秀が、勇太に聞くこともしなかった五弁の白い花を、勇太は指差した。

「なんで勇太、そんなこと知ってるの？　花の名前なんて」

驚いて秀が、花と勇太を交互に見る。

「こないだ真弓が、あれこれ指差してゆうとった。これだけ見たまんまやから、覚えたわ」

「俺、大河兄に教えてもらったの。百花園《ひゃっかえん》で」

少しうんざりと言った勇太を、一つしか覚えなかったのかと、真弓が口を尖《とが》らせた。

「……そう」

だったら昼間、勇太に聞いてみれば良かったと思いながら秀が、ぼんやりと言い合う二人を見つめる。

思いも掛けないことを、自分が知らぬうちに勇太が覚えていた。何故、聞こうともしなかったのだろうと、少しだけ秀は己を咎《とが》めた。

尋ねればわかることも、ある。それは決して、悪いこととは限らないのかもしれない。

「僕、買い物行くから」

「俺も行くよ！　秀？」

不意に、二人のそばを去ろうとした秀の背に真弓は声を掛けたが、秀はそのまま商店街へ向かって行ってしまった。

残された真弓と勇太で、顔を見合わせる。

雪柳の前など通り越して、二人は何故秀が急に似合わない駆け足になったのかなど、到底わからない。

ただ勇太は、今さっき秀に探偵のようなことをさせたので、酷くバツが悪かった。

「俺、使い行かなあかんけど。そこまで一緒に行くか？」

「うん」

罪滅ぼしのつもりで尋ねた勇太に、嬉《うれ》しそうに真弓が笑う。

探りを入れた後ろめたさに、勇太は胸が痛んだ。結局、こうして気になってしまうなら、もう一度真弓に聞いてみようかと、迷う。

「これ、白木蓮《はくもくれん》」

二人で歩きながら真弓は、めげずに勇太に軒先の花の名前を教えた。

「食えるんかいな」

「もう。きれいじゃない?」

気のない返事をした勇太に、真弓がむくれる。

ぼんやり聞いていたのは考え事のせいなので、やはり尋ねてしまおうと勇太は、思い切って口を開いた。

「なあ」

「うん」

呼び掛けたものの元気に返事をされて、勇太が言葉に詰まる。

「せっかく、おまえ元気になったのに俺も蒸し返したないんやけど」

自分を何も疑わないような健やかな真弓の眼差《まなざ》しに、逆に勇太は罪悪感を覚えて先を続けた。

「うん」

それでも、今尋ねて納得の行く答えが返らなくても、聞くのはこれで最後にしようと、勇太が決める。

「なんで直ったん？　おまえ」

　率直に、勇太は真弓に問い掛けた。

「治ったって、人を病気みたいに」

　自転車を引きながら真弓が、気を悪くした様子もなく笑う。

「その治るとちゃうわ。あれ？　これ方言なんかな？」

　秀にも時々尋ね返される言葉に、勇太は首を傾げた。

「どういう意味なの？」

「……例えば、本を棚から出すやろ？　そんで散らかしとったもんを、元の棚に戻すときに、直してやーってゆうやんけ」

「ゆうやんけって言われても」

　そう言えば時々勇太が意味のわからないことを言うと気づいて、真弓も首を傾げる。

「そもそも言葉が違うんやな、俺ら」

　ふっと、暗い声を勇太は聞かせた。

「何そんなことで深刻になってんの？」

　突然落ち込んで見せた勇太を、真弓が驚いて肘で突く。自転車を引いているので、まともに触れることは叶《かな》わなかった。

「おまえがようわからんからや」

落ちたまま勇太が、拗ねた口をきく。

「もー！　人が大学落ちて二日くらい荒れてたからって、いつまでも根に持たないでよ!!」

「別にそれ根に持ってへんけど……」

もっともな真弓の言い分にごまかされてしまいそうになって、やはり本当のところを自分は理解してないと、勇太は改めて知った。

「けど、何」

公園の前で、真弓が自転車を停める。勇太の手を無理矢理取って、ベンチに真弓は誘った。

仕事をサボってばかりの今日が勇太は気には掛かったが、この話を真弓とする機会ももう訪れないような気がして隣に腰を降ろす。

「おまえ、ウオタツに直してもろたんちゃうの？」

仕方なく、率直に勇太は真弓に聞いた。

「なんでそう思うの？」

不思議そうに、真弓が勇太を見上げる。

「俺が迎えに行ったときは、おまえもうちゃんとしとったで」

「めっちゃ喚《わめ》いたじゃない」

何を言っているのかと、真弓は笑った。

「勝手に喚いて、勝手に直りよった」

けれど勇太はそのとき、真弓よりは冷静に真弓を捉えていたので、理由はわからなくてもどんな風に気持ちが流れたのかは理解している気がした。

言われて、真弓が考え込む。勇太が今言ったことは、間違いではない。

「ウオタツが、魚屋継ぐちゅうたからか」

秀に教えられたことを、意味がわからないまま試しに、勇太は言ってみた。

「え？」

突然達也との会話の話をされて、真弓が戸惑う。

「何？　なんで？　誰から聞いたの？」

「ほんまにそうなん？」

明らかに狼狽《うろた》えた真弓に、勇太は驚いて身を乗り出した。

「別に達ちゃんが魚屋さん継ぐからじゃないよ！　俺直ったの!!」

勇太の言い方が移って、大きな声で否定しながらも真弓が体を引く。

「おまえ今、めっちゃ動揺したやないか」

じっと勇太が目を合わせてくるのに、真弓もそんなことはないとは言えなかった。

足がつかないところでもがいていたような、そのときのことを、真弓が思う。

「……うん、でも言われて見ればそれも、あるけど」

思い返すと真弓は、達也が自分にそのことをちゃんと打ち明けてくれたのは、この間が初めてだと気づいた。きっと、達也の中でもそれは簡単ではないことで、言葉にして聞かせてくれたのは、己を見失っていた自分のためなのかもしれないと、真弓は思った。達也にとっては、無意識のことだったのかもしれないけれど。

あのとき、しっかりと自分を持っていてそれを隠さないでくれた達也の言葉を聞いて、真逆の行いをしていた己がやっと見えたのは、確かだ。

「でも」

ただ、誰か一人に助けられたとは、真弓は思っていない。

「なんていうか、みんなに教わって、結局自分でわからないと駄目なことってあるかなって」

そして自分自身が、自分を助けていないとも。

「そしたらやっぱり、おまえ一人で直ったん?」

「うーん」

問われて、そうとも言うかもしれないと真弓は思ったが、勇太には言いにくいことだった。

「せやったら俺、おまえのそばにいる意味ないやんけ」

言葉に詰まった真弓に、案の定、ふいと勇太が横を向いてしまう。

「バカ」

何か素直な勇太の反応が愛しくなって、真弓は笑ってしまった。

「バカってゆうなてゆうとるやろ、いつも」

ふて腐れて勇太が、立ち上がる。

「拗ねててかわいい」

「かわいいとか死んでもゆうな、アホ」

なんとなく、もういつも通りになって、自転車まで二人は歩いた。

たまにはこんな風に、二人の間にわからないことも残る。それはそれで、積み重ねていくものだと、お互いが思えた。

「あ」

はたと、声を漏《も》らして真弓が立ち止まる。

「どないしたん」

「俺、でも自分のこと見つけたのって、勇太の目に俺が映ってたからだよ」

真顔で言った真弓に、勇太は思い切り吹き出した。

「なんやそれ、何処の少女漫画や」

「ホントだってば！」

相手にしない勇太の背に、真弓が抱きつく。

「そしたら俺、おまえのおーじさまか」

本当なのにと繰り返す真弓に、勇太は声を立てて笑った。

「そうだよ王子様だよー。関西弁のガラの悪い金髪の」

背にしがみついて真弓が、額を擦《こす》りつける。

「ならいつでも、おまえ助けたらな」

「そうだよ」

背中を抱いたまま下から顔を覗き込んで、真弓は笑った。

「そしたら次は、俺に助けさせろや」

「勇太結局、これずっと根に持つね」

「そやな」

一生や、と、勇太が肩を竦める。

「そっか、一生か」

何か途方もない約束を貰ったような気持ちになって、真弓は勇太の呟きを笑って反芻《はんすう》した。

ある種の人間を、秀《しゅう》は緊張させるところがあった。

次に何を言い出すか読めない者には全く読めないので、防御できない不意打ちが怖い野性の強い者は、怯《おび》えるしかないのかもしれない。

「……あの、先生」

その代表が、元暴走族で何度も鑑別所や家庭裁判所や果ては少年刑務所まで行ったことのある、今は花屋の龍《りゅう》だった。すっかり引退した今でも、秀など力で対抗したら一捻《ひね》りなのに、それでも龍は勝てる気がしない。

そんな龍の怯えなど知る由もなく、花屋の奥で丸椅子に鎮座して、秀は龍がいれてくれた熱すぎる茶を、啜《すす》っていた。

「だから明《あき》に用があんなら俺、あいつ帰って来たらすぐ帰すから」

向かい合っての沈黙はもう十分を過ぎていて、龍は何故だか焦ったような気持ちになりながら自分から口を開いた。

「帰って来たら帰すって、おかしくないですか？」

「あ、あの、バイトに来たら！　帰しますから‼」

全く悪意なく聞いた秀に、龍が珍しく声を裏返らせる。

「でもその前に、少し龍さんのご意見も伺えたら有り難いんですが」

「いや、だから俺はここんとこ真弓《まゆみ》の顔もちゃんと見てねえし」

役には立たないと手を振った龍に、秀は配慮のない深い溜息を聞かせた。

役立たずぶりを罵《ののし》られた心境になって、さりげなく龍が傷つく。

「実は……明ちゃんに直接聞くのは、ちょっと怖いんです」

自分が龍の心を傷つけたなどと気づきもせず、秀は、己の惑いを打ち明けた。

煙草を噛んで龍が、驚いて目を丸くする。

「怖い？　明が？」

秀が言う意味がわからず、俺はあんたの方がよっぽど怖いという言葉を飲み込んで、龍は尋ねた。

「この間……明ちゃん、怖くて」

人生相談に金を払ったような図々しさで、秀が龍の前で項垂れる。

「明が？」

もう一度、龍は聞いた。

「その日は、夜出て行って龍さんのところに泊まったみたいですけど。明ちゃん」

「ああ、なんか真弓が悩んでるとかなんとか言ってた日のことですか？」

「それです！」

最近明信《あきのぶ》が泊まった日と言えばと、何気なく言った龍に、秀にしては機敏に身を乗り出す。

「先生……そんな立派な声、俺初めて聞いたけど」

その秀の反応に怯えて、野生動物は身を引いた。

「龍さんから僕に、説明してくださいませんか？」

「何を？」

結局、ここまで来たら秀は、怖《お》じ気《け》づいてしまっていた。直接明信に聞くのが、不安になっていた。真弓がどんなことを、思っていたのかを。

「真弓ちゃんが何に悩んでて、明ちゃんが真弓ちゃんに何を言ったのか」

明信が龍に相談したのなら説明してもらおうと、秀は目を見開いた。

「先生、その場に居合わせなかったんですか？」

煙草に火を点《つ》けて、無理難題を押しつけられたような気になって、龍が秀に掛からないように煙を吐く。

「居合わせました」

「そしたら俺よりわかるでしょが」

何故自分に聞くのだと、もっともな問いを龍は投げた。

「それが」

何度もそうしたように、しばし、秀が考え込む。

明快な話のような気もした。けれど秀は、その明快な話の先を考えるのが怖くて、このことを考えると靄《もや》が掛かったように思考が停止してしまう。

「怖いことに全然わからないんですよ」

わからないというより、わかろうとしていないことは、もう秀にも知れていた。

「わからないって、怖いことですね」

吐いてもしょうがない相手に、秀が弱音を見せる。

「けど、俺だって明が何言ってんのかわかんねえこともあるけど、別に怖かねえよ?」

早々に短くなった煙草を消して、龍は耳を掻いた。

「どうしてですか?」

それは是非教えて欲しいと、秀がまた目を精一杯大きく開ける。

その秀の瞳の変化に、龍は全く気づかない。

「どんなことの最中でも、相手は自分じゃあねえんだから、たまにはわかんねえことがあったってそりゃ当たり前だろ」

ごく普通のことを、龍にしては丁寧に秀に教える。

「そっちをわかってねえと、そりゃ、怖くて一緒にいらんねえんじゃねえのかな」

二本目を龍は銜《くわ》えたが、火を点けるのは堪《こら》えた。

「最悪、俺は一緒にいなくてもいいと思ってるけど」

「え?」

突然、思い掛けないことを龍が言うのに、秀が今度は龍にもわかるくらい目を見開く。

「わかり合えなくても一緒にいられなくても、まあ、大事な人なら元気でいてくれりゃそれでいいんじゃねえの?　そんで自分も、なんとかしゃんとやってりゃあさ」

お互い、と、呟いて、龍は少しだけ寂しそうに微笑《ほほえ》んだ。

「……そういうのは、僕、わかります」

明信とのことではなく、龍はふと自分の家族のことを思って口走ったのだが、そこまでは秀には伝わらない。

ただ、龍の言うことは、秀にはよくわかることだった。ほんの少し前まで、秀は全てがそのようにあって、それでいいと思い込んでいる人間だったので。

「でも真弓ちゃんとは今、一緒に暮らしてるんですよ。真弓ちゃんにとっては一大事だったのに、それを根本からわかってあげられないなんて、一応」

続く言葉に、秀は少し躊躇《ためら》った。

「家族として、不安というか」

家族、と、口にしてしまって、話に見合わず秀の胸に熱が帯びる。

「まあ、そりゃそうだな。肝心なときにわかってやれないのは、しんどいわな」

それはもちろん理解できると龍も頷いて、二人は茶を啜った。

「そうでしょう？　明ちゃんがもし悩んだら、どうしてなのか理解したいでしょう？」

「そうだけど」

様々、今まで明信が自分を思ってくれた感情を、龍が胸に返す。理解できたような気がしても、結局、返してやれていないことの方が多いと龍には思えた。

「さっきと矛盾するみてえだけど……そんときそばにいてやれたら、それが一番だな」

ただ、穏やかに龍が笑う。

「龍さん」

その顔に秀は、ふと、見とれた。

「素敵なお顔ですね」

「は？　え？　あ、そうスか!?　それはそれは……っ」

普段から、竜頭町の奥様方のアイドルである龍は、容姿を誉められることには慣れていたが、秀の言い様は壁に張り付いて狼狽えたいような訳のわからなさだった。

「……あの」

裏口の戸が開いて、気まずげに明信の声が、そっと割って入った。

「ああ、帰ってたのか明信」

惨状に恋人が助けに来てくれた心境になって、龍が椅子から立ち上がる。

「ただいま」

「明ちゃん、ただいまって帰るの？　龍さんのところに」

いつもの習慣で言ってしまった明信に、秀は尋ねた。

「え？　そうじゃなくて、あ、でもなんか癖みたいな……学校から、取り敢えず帰って来たらただいまって」

家の者に聞き咎められると罪悪感が涌《わ》いて、あたふたと明信が言い訳をする。

「どうしたの？　別に責めてないよ」

明信を慌てさせてしまったことに気づいて、秀は首を振った。

「いいなあって、思って」

大河や丈《じょう》は怒るだろうが、感じたままを、秀が口にする。

「秀さんだって、うちに帰るとき、ただいまって言うでしょ？」

その秀の言葉を不思議にまっすぐに受け取って、明信は苦笑した。

「……うん」

嬉しそうに、慎ましく秀が微笑む。

何か居たたまれないというように、龍は立ち上がって明信のエプロンを取った。

「あの、どうしたの？　秀さん。お彼岸のお花にはまだちょっと早いけど」

受け取ったエプロンを身につけて、秀がここに腰を据《す》えている理由を明信は尋ねた。龍の憔《しょう》悴《すい》からして、秀がいた時間は短くはないと、明信が知る。

「僕、いつも仏様のお花気にしてるように見える？」

「そんなことないけど」

無為に首を傾けた秀に、悪いことを言ったような気がして明信は慌てた。

「実は気にしてるんだけどね。大河が無頓着《むとんちゃく》だから」

「……本当に年寄りみてえな人だな。明っ、俺配達行ってくっから店番頼むわ！」

逃げるにしかず、と龍が、配達と言いながらろくに花も持たずに店を出て行ってしまう。

「いってらっしゃい……」

なんとなく龍が限界を迎えたことはわかって、外で煙草でも吸って来るのだろうと、明信は仕方なく見送った。

「お茶、いれましょうか？　秀さん」

特に今やるべきことは店の中には見当たらず、龍が座っていた椅子の横に立って明信が尋ねる。

「ううん、まだ龍さんに頂いたのが残ってるから」

「龍ちゃんのお茶、熱かったでしょ？」

「うん、実は」

椅子に座った明信の問いに、秀は笑った。

「熱くないといやだって言うんだ。体に良くないようなことばっかり、好きで。お酒も煙草も」

「なんでそうなんだろうねえ」

ぼやいた明信に、大河のことを思って秀も溜息を落とす。

もちろん明信も、秀がそんな話をしにここを訪ねた訳ではないことは、わかっていた。

家に居るときとは違う、どうしようもなく気まずさが挟まる沈黙が、花の中に漂う。

「僕、明ちゃんに聞きたいことがあって。それで来たんだけど」

「うん。何？」

ようやく口を開いた秀に、なるべく気負わぬように明信は返事を聞かせた。

「真弓ちゃんは、本当は何に悩んでたの？」

「何に……って、言われると」

「僕、わからなくて。全然」

今日一日何度も呟いた気がすることを、秀がまた声にする。

「秀さんには、わからなくて当たり前かも」

苦笑して、明信は他意なく言った。

「どうして？」

「やりたいことを仕事にしてるし」

明信の言葉に、全く悪気はない。

「え？　僕？　もしかしてＳＦのこと？」

「他に何があるの？」

不意に、声を少し高くした秀に、明信は笑った。

「何言ってるの明ちゃん。僕なんてただの……ただの馬車を引く馬みたいなものだよ、大河の。

大河が僕を馬車馬みたいに叩《たた》くから、馬車馬は必死に走ってるだけで」

「そんなこと言わないでよ。僕秀さんのファンなんだから」

「あっ、そうだよね。ごめんこんな、失礼だよね読んでくれてる人に。でもやりたいことだったらもっと毎日楽しいんじゃないのかな、仕事」

秀にしては早口に言い訳しながらも、結局は認めない。

「僕なんかが言えることじゃないけど、やりたいことやれてても、いつも楽しいって訳にはいかないんじゃない？」

締切り前の秀の惨状はもちろんよく知っていたが、自分の手元の研究においてさえ思えることを明信は言った。

「でも……きっと、もうちょっとは楽しいと思うんだ……もう少し楽しくてもいいと思うんだ。やりたいことをやれてるなら」

丁度、今、本当は何日も前に掛からなければならなかった原稿を放ってある秀が、暗雲が立ちこめたようになって胸を押さえて俯く。

「けど、真弓ちゃん言ってたね。やりたいことが何もないって」

そのまま地の底まで落ちてしまいそうになりながら、本題を見失っていたことに気づいて、秀はなんとか背を起こした。

「それであんなに？」

そうではないことはもう半分わかっていたのだけれど、秀が明信に問い掛ける。

「……そうだね。そういうことだけじゃ、ないです。多分」

宥《なだ》めようとして、結局何も手助けできないどころか爆発させてしまった真弓を思い出して、明信は己の不甲斐《ふがい》なさに息をついた。

「自分が、わかんなくなっちゃったんじゃないかな？　あの時、真弓は」

「真弓ちゃんが？」

「真弓には多分、珍しいことだと僕も思う。でも、僕ああいう気持ち、わかるから」

「明ちゃんが？」

子どものように秀が、明信にただ問いを重ねる。

「一体何やってるんだろうって、わからなくなったり虚《むな》しくなったりすることあるよ」

小声で、笑って明信は打ち明けた。

「でも真弓は多分そういう性分じゃないから、ダッシュで探しに行って二日くらいで見つけて来ちゃった」

「何を？」

丁寧に教えてくれる明信に、遠慮がちに秀が尋ねる。

「わかんなくなってた自分をかな？　僕も、何も助けになれてないし、本当のところはわからないけど」

「何がしたいかって話じゃなかったっけ？」

絡んだ糸を解《ほぐ》せなくなったように、秀は困り果てた顔をした。

「それだけじゃないのはわかったから、秀さんはわからなくなっちゃったんじゃないの？」

察しのいい明信にまっすぐに聞かれて、秀が溜息をつく。

「……うん、話してることはわかったんだけど。でも、わからないと、僕は思って」

何度となく繰り返した言葉を、また秀は紡いだ。

見ないようにしていた、あの時感じたことを、秀が胸に返す。

「僕」

それを伝えるのには勇気がいって、一旦、言葉が途切れた。

「ちょっと腹が立ったんだと思う」

けれど自分の気持ちを、秀が思い切って明信に教える。

「秀さんが？」

今度は明信が、驚いて尋ねた。

「……うん」

「どうして？」

問われてその訳を、よく、秀が考える。言葉にしてそれを明信に伝えようと思うと、どれも、躊躇われる言い様しか思い浮かばなかった。

「僕、傲慢《ごうまん》だったかな」

「どうしたの、いきなり」

不意に、結論づけた秀に、明信が慌てる。

「そんなことでって、思ってしまったのかもしれない」

他に言葉を見つけられなくて、仕方なく、秀は感じたままを口にした。

「真弓ちゃんが、夢とか希望とか何もないとか」

覚えている断片を、秀が思い返す。

「明ちゃんが、そうかもしれないとか」

「ごめんなさい、僕ももっと違うことが言いたかったんだけど……」

それでもいいということが言いたかったのに、上手く伝えられなかった明信が、溜息混じりに己を悔やんだ。

「真弓ちゃんがそんなことで悩む必要ないと思ったし、なんでそんなこと考えるんだろうって思って……何もないのにそんな風に生きるの、無理だとか、言ってたじゃない？　真弓ちゃん」

らしくなく秀の声が、感情的になる。

「何もないなんて、酷いよ。そんなこと、絶対ない」

繰り言のようになって、秀は自分が、何を誰に咎めているのかわからなくなった。

小さく、明信が息をつく。

「本当にごめんなさい……秀さんを、悲しませちゃったんだね」

自分たちに向けられている秀の愛情と、その深さを思って、明信は切なくなった。

「でも、きっと誰でも一度くらいは考える、ものすごく単純なことを、真弓は考えたんじゃないかな？」

「どんな？」

何か頑是《がんぜ》無《な》いような眼差しで、秀が無防備に明信を見る。

「なんのために生まれて来たのかな？　とか」

気恥ずかしい言葉に思えたけれど、明信は子どもに言い聞かせるように、丁寧に伝えた。

「なんのために生きてるのかな？　とか、そんな感じ」

「真弓ちゃんがそんなこと、考えたの？」

納得していない訳ではなく、秀が問いを繰り返す。

「僕だって時々は考えるよ」

「明ちゃんも？　……そんなこと、考えるの？　考えちゃ駄目だよ。真弓ちゃんだって、考えちゃ駄目だ！」

秀の語気が、全く不似合いに不意に荒くなった。

呆然《ぼうぜん》と明信が、秀を見返す。

「秀さんは、全然考えないんですか？」

秀の気持ちがそんなにも乱れる意味がわからなくて、迂闊《うかつ》にも明信は問い返してしまった。

「僕がなんのために存在するかということを？」

秀はただ首を傾げただけなのに、すぐに明信が秀の生い立ちを思って、椅子から立ち上がる。

両親の記憶が、秀にはほとんどない。秀はもっとも自分を愛してくれる筈の者から、必要とされなかった存在だった。

「あのっ、ごめんなさい！　そんなこと考えなくていいよ‼　僕すごく余計なこと言った！」

頭を下げて謝った明信の言うことを聞かずに、秀はようやく、ゆっくりとそのことを考えた。

真弓が、明信が、それを考えたということと、向き合った。

「ううん」

首を振って秀が、頭を上げてくれるようにそっと、明信の髪に触れる。

「みんな、考えるんだ？　そういうこと」

「……多分」

ようよう顔を上げたものの、明信は半分泣きそうになりながら、答えた。

「そっか」

溜息のように秀が、呟く。考えて、今自分が思ったことを、噛み締めるように。

「そうなんだ」

無理矢理明信と目を合わせて、秀が微笑む。

明信が自分を見てくれるのを確かめて、秀はよくわかるようにもう一度笑った。


いつもと変わらない食卓の後片付けを終えて、秀《しゅう》は大河《たいが》の部屋の前に立った。

襖《ふすま》を叩こうとしてから、一瞬、考え込む。一旦自分の部屋に戻って、秀は割烹着を脱いだ。丁寧に畳んで、もう一度出直す。

「入っていい?」

いつもの間抜けな音で、秀は大河の部屋の襖を叩いた。

「ああ、どうした」

返事をしながらも原稿を読んでいた大河は、入って来た秀に、まともに顔も上げない。

「忙しいね、最近」

「おまえも忙しい筈だ。あんなご丁寧なつみれ、作ってる場合じゃねえ筈だろ」

夕飯に、焼き魚とともに出た鰯《いわし》のつみれ汁のことを言って、大河は手元の紙を捲《めく》った。

「……買ったんだよ、つみれ」

「おまえ鰯の臭み消すのに、生姜《しょうが》山ほど入れるだろ？」

「そうしないと、勇太《ゆうた》や丈《じょう》くんが食べないから。君って」

結構細かいよね、とまでは言わずに秀が、大河の傍《かたわ》らに腰を降ろす。

「俺が、なんだよ」

「ううん、君は好きでしょ？　鰯」

「俺は鰯よりおまえの原稿が好きだ」

「……仕事中の君って、本当に話にならない」

溜息をついた秀に、ようやく大河は原稿の束を横へ置いた。

「どうかしたのか」

真っ向から問われて、秀が憮然《ぶぜん》と顔を顰める。

「どうって。僕、今日君の言いつけを聞いて過ごしたんだけど」

「なんだ、新作のプロットできたんなら早くそう言えよ」

出せ、というように、大河は秀に掌を見せた。

その手をそっと取って、秀が大河の膝《ひざ》にゆっくりと戻す。

「新作のプロットなんか、言いつけられてません」

「毎日言ってるだろ。おまえ本当に話半分だな！」

「毎日同じ話されたら半分も聞けないよ。そうじゃなくて、真弓《まゆみ》ちゃんの話！」

どうしても忙しいときの大河とは、こうして仕事の話になってしまって、秀も少し大きな声を上げた。

「ああ、そっちか。声でけえよ、おまえ」

丁度、誰かが風呂に降りて来た音が聞こえて、大河が声を潜める。

「ごめん……」

「それなんだけどな」

「え？　どれ？」

「だから、真弓の進学祝いだろ？　勇太の就職だって決まったんだから、卒業式の日にでも一緒に祝ってやろうぜ。勇太の就職、ちゃんと祝ってねえし」

仕事に没頭しているようで、家中に目配りするような大河に、秀は苦笑して息をついた。

「ありがとう。勇太のことまで」

「そう言えばおまえ言わねえけど、真弓と勇太の喧嘩ってのはなんだったんだ？」

秀の礼には改めては応《こた》えず、気に掛かっていたことを、大河が尋ねる。

「それは……」

上手く伝えられるか自信がなくて、秀は口ごもった。

「勇太の、お母様の話をしてたね。僕と、勇太が」

けれどこの気持ちを、大河にも知ってもらいたい気がして、ぎこちなく秀が語り始める。

思ったより深刻な話なのかと、大河は居住まいを正した。

「この間ちょっとだけ、岸和田《きしわだ》に帰ってらしたって、向こうでお世話になってた方から僕に手紙が届いたんだ。それを、勇太に話して」

言いながら、大河に告げることも秀が、躊躇う。

「勇太が、もしお母様が帰ってらしたら、岸和田に帰ることも考えるって……言って」

「勇太が？」

案の定、大河は信じられないという顔をして、聞き返した。

「考えるって、言っただけだよ。真弓ちゃんがそれを、聞いててね。怒っちゃったんだ」

「そりゃ、怒るだろ。真弓は」

自分だって腹立たしいという口調で、大河が眉を寄せる。

「うん……でも、僕は勇太が、そう思えたことがなんだか、嬉しくて」

「……ああ」

そのときの気持ちを秀がたどたどしく教えると、ようやく大河は、大きな溜息とともに相槌《あいづち》を打った。

「バカだな。おまえだって、寂しい、行くなって、泣き喚いたっていいんだぞ？」

「まだ、そうなると決まった話でもないし」

言われて秀が、けれど自分がちゃんと、勇太と離れるときの想像をしていないと気づく。もし本当にそんなときが来たら、言葉のように冷静ではいられないと、不意に知った。

「それに僕は、どんなことがあったって勇太の父親だから。それは変わらないから」

堪えて俯きながら言った秀の髪に、大河の指が触れる。くしゃくしゃと秀の髪を乱して、大河はそっと、秀の肩を抱いた。

「勇太がそういう気持ちを持てたことは、俺も嬉しいよ」

額を寄せ合って、大河が囁《ささや》く。

「だけど何かあったとしてもそのときは、思い合ってるもん同士が別れたり離れなくていい方法を……考えような。あきらめねえで」

決して、上辺だけではなく必ずそうするのだろう大河の声が、秀の耳に触れた。

ふっと、秀の目に涙が溢《あふ》れる。

「……そんなこと、できるかな?」

泣いてしまった顔を見せたくなくて、秀は大河の肩に顔を埋めた。

「こんなこと言って……嬉しかったなんて言って、本当は僕、少し寂しかったみたい。ううん、すごく。今、勇太と離れることを考えたら、堪《たま》らなかった」

正直な思いを、大河に教えて秀が泣く。

「親だから、そりゃいつかは手を、離さなきゃなんねえけど」

いつだったか同じ話を秀としたことを思い出しながら、大河は秀を抱きしめた。

「うん」

「だけど別れたくねえなら、足掻《あが》こうな。まだ、早いよ。おまえにも、勇太にも」

必ず力になってくれる、そう約束する大河の声に、秀が目を閉じる。

「ありがとう」

涙を拭《ぬぐ》って、秀は大河の腕をそっと解いた。

「真弓ちゃんの好きなものと、勇太の好きなものと、両方作らなくちゃ。卒業式」

無理はなく笑った秀に、大河が笑い返す。

「大忙しだな。式には出なきゃなんねえし」

「そうだった。スーツ、クリーニングから取って来ないと」

「俺のも頼んでいいか？」

「もちろん。紺の、出しておいたよ」

いつも通りの穏やかさを取り戻して、二人は卒業式に思いを馳《は》せた。

「おまえはいつもの、あの地味ーなグレーのスーツか。年寄りみてえな」

「勇太を引き取って、僕が二十歳になって正式に籍に入れたときに仕立てたんだよ。あれ」

「もしかして、江見《えみ》教授のお見立てか？」

秀が京都《きようと》で長いこと世話になっていたゼミの教授を思い出して、いかにもその翁の趣味らしいスーツに、大河が溜息をつく。

「なんでわかったの？」

「なんでと言われましても」

それに、秀のスーツは二十歳の秀が一人で見立てたにしては、上等なものだ。

「勇太の小学校の卒業式に着て行って、勇太にも地味だって言われた。でも僕、若いお父さんって言われるのがいやで」

「しょうがねえだろ、実際若いんだから」

どうにもならないことを言った秀に、大河が肩を竦める。

「何か、足りないって、言われてるみたいで」

「……バカだな」

同じ思いをしてきた大河は、けれどそんなことは決してないと、秀に笑った。

実際、大河のスーツも、年齢よりは上に見えるようにと選んだものだ。

「勇太、就職しちゃったから、もう、若いお父さんですねって言われることなんかないんだなあ」

しみじみと呟いた秀に、何も、大河は言えなかった。

「君は、真弓ちゃんの大学の入学式と卒業式が、まだ残ってるね」

「そうだな。卒業式終わったら、すぐにまたスーツクリーニングに出さねえと」

「僕のと一緒に出しておくよ。……あ、それでね、真弓ちゃんの話なんだけど」

卒業式と入学式の話で、自分が何をしに大河を訪ねたのかを、秀が思い出す。

「卒業祝いのメニューならおまえに任せるよ」

「そうじゃなくて、僕君に言いつけられた用を足したんだってば。今日」

「タイトルだけ出たのか？」

自分から体を離した秀の言いように、原稿の話だと大河はもちろん誤解した。

「仕事から離れてください。真弓ちゃんのこと、勇太にお礼言って理由を聞いておいてって、言ったでしょう？　君」

昼間のことを秀が、大河に言って聞かせる。

「ああ……言ったけど」

ほとんど繰り言のつもりだった大河は、まさか秀が本当にその言いつけを聞いたとは、微塵も思っていなかった。

「それで、勇太のところに行ったんだけど」

「聞いたのか？　勇太に」

気恥ずかしくなって、大河の声が秀を責める。

「勇太は、お礼を言われる筋合いはないって」

「なんだよそれ」

「達也《たつや》くんに言えって。理由も達也くんに聞けって、勇太に言われて」

憮然とした大河を置いて、秀は話を進めた。

「なんで達也なんだ？」

「達也くんもわからないって、言ってた。魚藤継ぐんだって。知ってた？」

「いや？　あいつ車屋になるんじゃなかったのか？」

達也の就職先の話を聞いていた大河が、驚いて尋ね返す。

「放蕩息子だからって、言ってた」

矛盾する達也の言い分を、秀は大河にも教えた。

「……そうか。偉いな、あいつ」

「そうだね」

その放蕩息子の決め事に、二人して小さく、息をつく。

「その話、達也は真弓にしたのか？」

ふっと、何か繋《つな》がったような気がして、大河は秀に聞いた。

「うん。話してたら勇太が迎えに来たって言ってた」

「まあ、そんなら真弓も、なんか思うところあったのかもな」

まだ幼いような気がしていた末弟や末弟の幼なじみにも、それぞれ思うことや負うものがあると、改めて大河が息をつく。

「どうして？」

ぼんやりとわかりながらも、秀は尋ねた。

「達也はやりたいこととかじゃねえって、話だろ？　やんなきゃなんねえことする訳だから」

「でも達也くん、そんなに気負ってる様子じゃなかったけど」

呟いてから秀は、今日会った達也の顔を思い起こそうとしたけれど、今言ったようにもそうでないようにも、目の前に映る。

「見た通りとは限んねえよ」

「……そうだね」

穏やかに大河に言われて、秀は頷いた。

「それで達也くんが、真弓ちゃんのことは明ちゃんに聞いたらいいって言うから。花屋さんに行って」

続きを、秀が大河に語って聞かせる。

「おまえ……今日、一体何してたんだよ」

今更ながら今日、秀が全く仕事をしなかったことを思い知って、呆然と大河は問い掛けた。

「君が聞いておいてくれって言うから、聞いて回ったんじゃない」

何を言ってるのかと、秀が思い切り居直る。

「そんで、明信《あきのぶ》は知ってたのか。真弓がどうして悩んでたのか」

頭痛がしてきたような気もしたが、その結論は気に掛かって、仕方なく大河は先を尋ねた。

「……うん」

答えるのは少し、秀には躊躇われる。

「なんだったんだ？」

「僕がずっと考えちゃいけないことだと……思ってたことだった」

ふっと、手元を見るように俯いて秀は、呟いた。

「なんなんだ？」

その秀の様子が酷く気に掛かって、大河が問いを重ねる。

一つ、秀は息をついた。

「なんのために生まれて来て、なんのために生きているのかという、そういうこと」

真顔で秀が言うのに、拍子抜けして大河は笑ってしまいそうになった。

しかし何処までも秀が真剣なので、大河も聞いたまま受け止めるしかない。それに、そういうことで真面目に悩む年頃ではあるだろうとも、思いはした。

「まあ、なんつうか普通の悩みだな」

どうリアクションしたらいいのかわからずに、大河が頭を掻く。

「そうなの？」

やはりそうなのかと、それでも驚いて秀は問い返した。

「誰でも通る道だろ？」

「そうなんだ？　大河も悩んだ？」

興味深そうに、秀が身を乗り出す。

「まあ、一度や二度はな。でもそれどころじゃねえっつうか、暇がなくて悩んでなんかいられなかったよ」

社会への執行猶予期間がほとんどなかった学生時代を、大河は思い返した。

「ふうん」

「おまえは考えたことねえの？」

ピンと来ないような声を聞かせた秀に、大河が尋ねる。

「真弓ちゃんみたいなこと？」

明信との会話の繰り返しだと思いながら、秀は首を傾けた。

「いや、考えなくていい！」

けれど、すぐさま、明信と同じに大河が止めに掛かる。

「なんでそう言うの。明ちゃんも慌ててた」

可笑《おか》しくなって、秀は小さく吹き出した。

「いや……その」

何故と言われると答えるのにも困って、大河が言葉に詰まる。

「わかるけど。僕が、僕を産んだ人にすぐに捨てられたからでしょう？」

代わりに、秀が明快な理由を返した。それを口にすることに、いつでも秀は気負わない。

「僕なんて、浮き草みたいなもんで……」

「そりゃ稼業の話だろ」

ぼんやりと言った秀に、ようやく大河は息をついた。

「まあでも、そういうものだと思おうとしてたんだけど。少し、前まで」

呟いてから秀が、遠くを見るようにして自分の流れてきた時間を、追う。

「それでも時々は、考えそうになって」

そういう感情が自分に涌かなかっただろうかと、秀はそれを探した。

「僕、そういうことって考えたらいけないことだと、思ってた。ものすごく、怖いことだと、思ってたんだよ。考えたらね、生きてられないんじゃないかって」

「秀、だから」

何を思うのかふと見えなくなった秀を、大河が追い掛ける。

「僕だけがそんな益体《やくたい》もないこと、考えてしまいそうになるんだと思ってた」

けれどするりと、秀の気持ちが何処かへ、はぐれてしまいそうになった。

「僕だけが自分には何もないなんて、思うんだって」

「秀」

何処かに秀の心がまた落ちてしまうのではないかと誤解して、大河が強く名前を呼ぶ。

「そんな気持ち、絶対真弓ちゃんは持ってない。持っていて欲しくないって、怖くて、驚いて……僕、なかったことにしようとしてた。この間のこと」

呼ばれても秀の思考は止まらずに、声が覚束《おぼつか》なくなった。

「いいよ……おまえは、そんなこと考えなくていいから」

引き留めようと大河が、強く秀を抱きしめる。

抱かれた腕の中に、秀は、しばらくの間ぼんやりとしていた。やがて大河の熱が伝わって、虚《うつ》ろだった眼差しが不意に、大河を捕らえる。

「君は？」

唐突に呼ばれて大河は、すぐにはなんのことだかわからなかった。

「君も考えたことがあるって言ったよね、さっき」

今日初めて見たものの話をするように、秀の声は何か頑是無い。

「……ああ、だけど」

この話を続けていいのかと見極めかねて、答えに大河は躊躇った。

「結論は、出た？」

「考える度、違うよ」

少し腕を緩めて、秀の様子を、大河が窺《うかが》う。

「ならその中の一つ、僕に教えて」

小さな子どものように、秀は聞いた。

息をついて大河が、秀の髪を撫《な》でる。

一つと言われて、大河はそのことを考えた。誰かのためというのではなく、簡単に答えは胸に灯《とも》る。

「真弓や」

声にすると、大河の中に今は迷いは見つからなかった。

「明信や丈や、勇太や」

色の薄い瞳で、秀は大河の声が綴《つづ》られる先を見つめている。

「おまえのために」

額を一度、大河は合わせた。

「生きてるって、思うことあるよ」

それを秀に負わせようと、大河は思った。いつでも秀には、重荷が必要だと、大河は知っていた。だからこの気持ちを、秀に聞かせることに大河は惑わない。

「本当?」

嬉しい、と、小さく呟いてから秀ははにかんだ。

「後おまえの原稿」

「一つって言ったよ、僕」

戯《おど》けて付け足した大河に、秀がほんの少し唇を尖らせる。

けれど大河に抱かれた体が、どうしようもなく、寄り添った。

「僕もね、ずっと怖くて考えられなかったそのこと、最近時々考えてるって気づいた」

大河の肩に頭を預けて、秀が天井を見上げる。もう慣れた部屋なのに天井だけは、見上げる度初めて見たような気持ちになった。

「……答えは出たのか？」

どんな答えでも聞いてやろうと、やわらかく大河が問い掛ける。

「たった、一つだけ」

ゆっくりと、けれど明確に秀は返した。

「君と同じだよ」

幸いそうに秀の唇が、丸みを帯びる。

「考えたら生きていけないと、思ってたことなのに」

その合間から、吐息が漏れた。

「明ちゃんも、教えてくれた。誰でも考えるんだね。君も、考えるんだね」

教わったことを、秀が言葉にして見せる。

「誰でも……僕でも」

安堵のような声が、ほんの少し掠《かす》れた。

「考えて、いいことなんだね」

確かめるように、秀が大河を見つめる。

「……だけど」

秀が真弓を思ったように、大河は不安に胸を摑まれた。そんなことを秀が思うのは、大河にも怖い。

顔を上げて微笑んだ秀の頬《ほお》に、引き留める思いのまま大河は触れた。

「大丈夫だよ、大河」

その掌に指を重ねて、秀がそっと、首を傾げる。心配を、咎めるように。

「僕、ついこの間初めて思えたから」

「何を?」

少し焦るような思いで、大河は尋ねた。

「生まれて来て良かったなあって」

少し恥ずかしそうに秀が、大河にそれを教える。

「いつ……思ったんだよ」

今度は焦らずに大河は、秀の言葉を待った。

「そうだなあ」

問われて秀が、そのときの思いに、胸を馳せる。

「君と角館《かくのだて》行って、この家に帰って来て」

夏だったと、暑さに風が吹いていたことを、秀は思い出した。

「ただいまって、言ったとき」

絶え間ない隣の豆腐屋の水音が、夏に聞いたように、秀の耳に返る。

今日、明信が当たり前のように、秀だって家に帰るときはただいまと言うと、言った。なんでもないことのように明信に言われたとき、秀は酷く幸せに、その夏のことを思った。

「……そうか」

秀と同じ幸いが、大河の口から返る。

「僕もこれから、真弓ちゃんみたいにもっともっと悩むのかな」

ほんの少し戯けて、秀は笑った。

「勘弁してくれよ」

調子を合わせて、大河が溜息をつく。

「でも僕は、ちゃんとわかってる」

「おまえが？　何を？」

秀にそんなことを言われると意外で、それを隠さずに大河は大仰に聞いた。

「今言ったよ。何のために生きてるかってことでしょ？」

心外だと、秀が眼を丸くする。

そして静かに秀は、大河と瞳を合わせた。

「よく、わかってるよ」

告げられて、それ以上は大河も、もう問わない。

大河が秀の髪を抱いて、ゆっくりと唇を重ねた。口づけは深まって、強くはなく、抱き合う。

「雪柳」

ふと離れた唇で、秀は不意に、呟いた。

「何が？」

意味がわからず、大河が尋ね返す。

「ずっと、名前がわからなかったんだけど、今日勇太が教えてくれた」

「へえ」

「勇太は、真弓ちゃんから教わったんだって」

「そうか」

大河は何故秀が、雪柳の話を始めたのかわからないまま、聞いていた。

自分の話に耳を傾けている大河が、真弓にそれを教えたのは自分だと覚えていないことに、秀が気づく。

「僕今日、新しいことを二つ覚えたんだよ？」

嬉しくて秀は、大河にそれを伝えた。

不思議そうにそれを聞いている大河に、秀はもっとちゃんと告げたい気持ちが募る。けれど上手く、言葉にはならない。

習えなかったことを、秀はまた覚え直した。ないことにしていた思いが、当たり前のものだと、みんなが繋いでくれた。

まだ秀が何も持たない頃、大河が真弓に教えた白い花の名前が、今日初めて、秀のところに届いたように。

あとがき

お久しぶりです。菅野彰《すがのあきら》です。お元気でしたか？

それを聞きたいのはきっと、皆様の方かと思います……。八年ぶりの「毎日晴天！」の新刊を、手に取ってくださって、本当に本当にありがとうございます。

「花屋の店番」は、二〇〇六年に雑誌に書いたものです。去年、全員サービスの小冊子に晴天の短編を書かせて頂くまで、随分長いこと、竜頭町の人々を放って置いてしまいました。

久しぶりに帯刀家の人々と再会して、私はただ、楽しかったです。この子たちが大好きだったと思い出して、長いことそのままにしておいてしまったことを、悔やみました。また会えて嬉しかった。

読んでくださった皆様にも、楽しい再会になることをただただ願います。

「子供はわかっちゃくれない」は、本当はもっと長い話にするつもりで考えました。最初の予定では、「花屋の店番」と「子供はわかっちゃくれない」で、一冊になる予定でした。

それが思っていたより短く、真弓の話が終わってしまい、すっかり勘が狂ったのかなと戸惑いました。

そういうこともあったのかもしれませんが、自然と「大人のおつかい」が出て来て、あ、大河と秀のためにページが残っていたのかななんて、思ったりしました。「大人のおつかい」が書けて良かったです。なんとなく、この話が気に入っています。

私も何年分か年を重ねて、前はあまり理解できずに書いていた秀が、今はなんだか愛おしくて不思議。

何年も経つと、竜頭町の風景も変わる。

今回書きながら唸ったのが、きっと竜頭町からはスカイツリーがものすごくよく見えるだろう、ということ。竜頭町を通っている電車は、今はきっと東武スカイツリーライン。最近行っていない百花園からももしかしたらスカイツリーが見えるのかなと、どうしようかなと思いました。

しかし途中で、

「知るかそんなこと」

と、時の流れについては放り出した。

竜頭町には、竜頭町の時間が流れているのだ。

諸々、告知など。

この文庫とほぼ時を同じくして、キャラコミックス「毎日晴天！　新装版」が出ています。もちろん二宮《にのみや》先生が漫画にしてくださった、「毎日晴天！」の新装版です。既刊の、一巻と二巻を合わせた合本になっています。この本に、「僕らがまだ知らなかった未来」という短編小説を書かせて頂きました。オールキャラですが（まだ龍はいない）、大河と秀の高校時代の話です。この短編がものすごく、気に入っています。文庫で言えば一巻の直後ぐらいに納まるように書いたつもりなのですが、今まで晴天を読んでくださった方に読んで頂けたら嬉しい。そういう感じの、大河と秀の原点的な話になりました。二宮先生がとても素敵な表紙を描き下ろしてくださっているので、是非本屋さんに迎えに行ってやってください。

そして、12巻を現在手にしてくださっている方々は、既刊はお手元にあるかもしれないのですが、一部ネット書店限定の「毎日晴天！」スターターセットが発売されています。一巻から六巻までのセットで、こちらに小冊子が付きます。五巻の「花屋の二階で」の直後の短編、「夜空も晴天！」を書き下ろしました。もしもお手元に既刊がなかったりしたら、こちらも迎えに行ってくださると嬉しいです。

更には現在発売中の『小説Ｃｈａｒａ《キャラ》』に、「どこでも晴天！」という短編を書いています。読んでやってくださいませ。

なんかいっぱい書いたな！　晴天！　また書きたいよ！

こんな風にいっぱい書けたのも、「待ってる」と言ってくれた方々がいらしたからで、ただもう感謝しかないです。喜んで頂くことが、原稿が手を離れた今の私の唯一の望み。

なんでこんなに時間が空いてしまったのかと、疑問に思われる方もいらっしゃるかと思います。正直に言うと、晴天だけでなく、全くなんにも書かなかった時期もありました。

そんな中でも、ほぼ月に一度担当の山田さんが、

「書きませんか？」

と、絶えることなく言い続けてくださいました。

11巻から考えたら、八年です。

感謝しかありません。ありがとうございました。

今回新刊が出るに当たって、

「イラストも二宮先生が描いてくれるの？」

と、尋ねられたりもしました。

シリーズ物を私の勝手で放っておいてしまったのに、お忙しい中またイラストを描いてくださった二宮先生にも、本当に感謝です。本になるのが楽しみでなりません。

なんか結婚式のスピーチみたいになってきたけど、一番大事なこと。

待っててくれたそこのあなた！

長いこと、ごめんなさい。

本当にありがとう。

また、次の本で、お会いできたら幸いです。

遠く雪柳を待ちながら／菅野彰

この本を読んでのご意見、ご感想を編集部までお寄せください。
《あて先》〒105－8055　東京都港区芝大門2－2－1　徳間書店　キャラ編集部気付
「花屋の店番」係

■初出一覧

花屋の店番……小説Chara vol.14(2006年7月号増刊)
子供はわかっちゃくれない……書き下ろし
大人のおつかい……書き下ろし

花屋の店番

【キャラ文庫】

2013年11月30日　初刷

著者　菅野 彰

発行者　川田 修
発行所　株式会社徳間書店
〒105-8055　東京都港区芝大門2-2-1
電話048-451-5960(販売部)
03-5403-4348(編集部)
振替00140-0-44392

印刷・製本　図書印刷株式会社
カバー・口絵　近代美術株式会社
デザイン　佐々木あゆみ(COO)

ISBN978-4-19-900730-9